天使のアイディア

青柳碧人

祥伝社文庫

目次

第一話　保身の閃光（せんこう）

1

一九九五年四月十八日、火曜日。千葉県、船橋市。

気候は春めいているが、園庭は曇天の底に沈んでいる。

西口早苗は窓外のその憂鬱な景色から視線を落とし、指先をじっと見つめた。不安で、園児たちの声も聞こえないくらいだった。

「さなえ先生、大丈夫？」

早苗はびくりと体を震わせた。

「顔色が悪いけど」

三つ年上の同僚、柴田明奈の心配そうな視線があった。笑顔を取り繕い、大丈夫です、と答える。柴田は園児たちのほうを向き、ぱんぱんと手を叩いた。

「おーい！　静かになるまで十秒まえだぞーっ！　じゅう、きゅう、はーち……」

園児たちは輪になって体育座りをしはじめる。

「いーち、ぜろーっ。はい、よくできました。ではこれから、おうたの時間です。みんなで、さなえ先生に伴奏をお願いしましょう。せーの」

さなえせんせい、オルガン、おねがいしまーす。

園児たちの元気のよい声が重なる。早苗は立ち上がり、

「わかりましたー」

いつもどおりの返事をしてオルガンに向かった。弾いているあいだは、譜面に集中してうつむけるので、表情を悟られることはない。

「それでは初めは〈なかみがわ幼稚園〉の園の歌から。みんな、元気よくね」

早苗はペダルを踏み、演奏を始める。この幼稚園に勤めはじめてから、何百回と弾いてきた曲だ。手も足も勝手に動く。

ルーティンワークとともに自然と早苗の頭に浮かんでくるのは、午前の休憩中のことだった。

早苗たち年長組の担当は六人いるが、すべての職員が活動する必要はなく、午前中も一時間ずつ休憩を取る決まりになっている。今日、早苗の休憩時間は午前十一時から正午までのあいだだった。

休憩の時間、普段は園長や、他の年次クラスの担当教諭も職員室にいることが多い。だが、今日はたまたま園長が出張しており、緊急で休みを取った職員もいて、早苗は職員室に一人だった。

誰も座っていない園長の机の上に、ハサミが置きっぱなしになっていた。早苗の頭の中に、昨日のことが蘇った。

年長クラスに久男くんという男の子がいる。両親が甘やかして育てたのか、かなりわがままで、自分の思いどおりにならないと大声を上げて泣きわめく。早苗だってこの幼稚園が初めての勤め先ではないから、そういう子がいることは承知だ。だが、久男くんのわめき方は他の子よりも激しかった。ジャングルの洞窟の中に住んでいる巨大コウモリが強烈な超音波を発しているかのような、鼓膜を直に震わせるような奇声なのだ。

悪いことに久男くんはそうなると、すぐに近くの子につかみかかり、顔や腕を引っ掻きまくる。襲い掛かる相手は女の子と決まっていた。何度も両親に注意しているのに、久男くんの爪は伸び放題に伸びて黒ずんでおり、傷口からばい菌が入るであろうことは絶望的に明らかだった。この騒動が起こったあとは、泣きじゃくる被害者の女の子の消毒に、職員たちはまた手を焼くのだった。

それでも特別な子だからと優しく対応してきたのだが、昨日、ついに早苗の怒りは頂点に達してしまった。同じ年長クラスの矢島律花ちゃんに馬乗りになり、腕や顔を引っ掻き回す久男くん。——その背中を、思い切り蹴りつけてしまった。背中を押さえながら怯んだように振り返った久男くんの額めがけて、拳をぶつけた。中指の付け根に、消しゴムのような久男くんの鼻の感触があり、久男くんは律花ちゃんの傍らに仰向けに倒れた。久男くんの鼻から出ている鮮血を見て、早苗はさらに興奮してしまい、「なんであんたはそんなことするの、なんでいつもいつも！」——叫びながら、手近の棚の絵本を数冊一気につかみ、久男くんの顔めがけて投げつけた。

同僚が早苗のことを止めに入り、ようやく早苗も落ち着いてきた。見守る園児たちを恐怖の静けさが支配しており、律花ちゃんですら、獣を見るような目で早苗のことを見ていた。久男くんだけが仰向けになったまま、絵本を引きちぎって泣きわめいていた。

早苗は園長に呼び出された。問題児と言われている子にどう対応するかで、幼稚園教諭の力量が問われると、育児法の教科書にも載っていないほど当たり前の言葉をかけられた。早苗にとって傷ついたのは、学生を叱り飛ばすような口調だったことだ。

原川園長の教育理念に感動してこの園に勤めて三年、一生懸命子どもに接し、園長の理想の幼児教育をいちばん理解しているのは自分だという自負があった。園長には信頼されていると思っていた。だが、この久男くんの一件だけで、園長の中での西口早苗の評価は下がってしまったに違いなかった。謝罪に行った久男くんの家で浴びせられた、まるで田舎の不良が喧嘩をするときにかけるような罵声など、なんとも思わない。ただ園長の落胆したような目だけが、早苗を傷つけた。

――納得がいかなかった。

久男くんには、他の職員も手を焼いていて、皆、いつか懲らしめてやりたいと思っていたはずだ。現に昨日、早苗が爆発してからしばらく、放置していたじゃないか。

早苗は立ち上がり、園長の机の上からハサミを取って、廊下へ出た。

昇降口は、職員室の真ん前で、L字の建物の構造上、園児たちのクラスからは見えない。園児たちのさざめきを遠くに聞きながら、年長クラスの下駄箱へ行く。外は四月の曇天。人影もなく冷え切った下駄箱のそばに、通園着と帽子をかけておく場所がある。早苗は、「たまちひさお」と書かれたシールの下の黄色い帽子を手に取った。

ひと思いに切り込みを入れた。

「あんたのせいで」

口に出すと、あとは止まらなかった。ほとんど勝手にと言っていいくらいに右手は動き、黄色い帽子はすぐにボロボロになった。それに飽き足らず、通園着に手を伸ばし、その襟元にハサミを入れた瞬間だった。

かしゃっ、と小さな音が聞こえた。

数メートルの距離に、見知った柔和な顔があった。

園のバスの運転手、石田だった。一瞬にしてすべての体温を奪われたかのような感覚に襲われた早苗に向けて、両手に持ったカメラのシャッターを、彼はもう一度、切った。

「まさか、最後の二枚のフィルムを、こんなことに使うとは思わなかったよ」

園指定のピンクのポロシャツの上に、使用済みのちり紙のようによれよれのブルゾン。笑顔を崩さないまま、早苗のほうにゆっくりと近づいてくる。

「あの問題児だろ?」ボロボロの通園帽を見て、彼は言った。「気持ちはわかるよ。つらいよな」

「あの石田さん、私……」

「いいとも。年長の悪ガキどもの仕業にしよう。久男のことをよく思ってないやつは山ほどいる」

早苗の言葉を、石田は懇願と取ったようだった。

「先生はこの一時間、俺と職員室でずっと話していたってことにすりゃいい。つまりなんだ、アリバイってやつだ」

早苗の肩に、石田の右手が載せられた。

「その代わりといっちゃあなんだが、今月、厳しくてな」早苗の顔から二十センチと離れていない位置で、彼はにやりと笑った。

「とりあえず、十万円でいいわ」

「困ります、私……」

「園長に見せてもいいのかよ」

左手で、カメラを掲げた。早苗は黙るしかなかった。

「体で払ってもらってもいいんだぜ」

「そんな……」

「冗談だよ。さあ、続きは職員室で話そうじゃないか。ここにいるところを誰かに見られたら、先生、終わりだからな」

服の生地ごしに感じた、じとっとした手の感覚。振り払いたくなるが、オルガンを弾いているのでそうもいかない。旋律が乱れたら、同僚たちに何かを勘繰られるかもしれない。

退園の時刻まであと一時間。久男くんの帽子や通園着が刻まれていることが発覚するのはそのときだろう。昨日のことがあるから早苗が疑われるのは言うまでもない。石田の嘘の証言は絶対に必要だ。だがその見返りに、この先ずっと金銭を要求されるかもしれない。そうでなければ……、あのいやらしい、毛だらけの手を想像しただけで、ぞくりとする。

——気づいたのはそのときだった。

部屋全体が、異様に静かだった。

早苗の弾くオルガンの旋律は正確に続いている。だが園児や、柴田たちの歌が聞こえない。まるでラジオのスイッチを切ったように、ぴたりとやんでしまった。

譜面から園児たちのほうへ顔を向ける。みな、口を開けた状態で、止まっていた。

「えっ？」

早苗は弾くのをやめ、立ち上がった。すぐそばに立っている柴田の肩をつかみ、ゆさぶってみたが、口を開いたまま動かない。まるで早苗以外の全員が、マネキン人形になってしまったかのようだった。

「柴田先生？」

「とんでもないことになってしまいましたね」

びくりとした。

声の主はすぐに見つかった。園児たちのあいだに、見たことのない一人の女性が膝を抱えるようにして座っていた。女性というより、少女といったほうがいいだろうか。金色の長い髪に、ノーメイクの白い顔。いくら大人に見積もっても、十七歳くらいだろう。肩のあらわな白いワンピースには、まだ肌寒い季節だ。

「あなた、自分が『間違ったこと』をしたとお思いですか？」

彼女は立ち上がった。その瞬間、早苗は見た。彼女の周りに、金色の光の粉末が揺れるのを。それは、夏の高原の朝の光のように清らかでもあり、活火山の溶岩からこぼれる火の粉のように力強くもあり、そして、雨上がりの雲の間から射す陽光のように神々しくもあった。

「人間のすることに『間違ったこと』などないのです。正義や悪などという概念は、しょせん、人間が勝手に作り出した規範にすぎず、創造主の前では塵にも等しいものなのです」

「あなたは……〝天使〟？」

自然と、その言葉が口からこぼれた。彼女はにっこりと微笑んだ。

「そう呼ぶ者もいます。それより、あなたには消してしまいたい相手がいますね」

「え……」

「石田勝次郎。そうでしょう？」

急に現実に戻された。それにしても彼女は、どうして石田の下の名前まで知っているのか。早苗だって知らなかったというのに。

「殺してしまいなさい」

少女のように清らかな口から出た暴力的な言葉に、早苗は飛び上がりそうになる。

「何を驚いているのです？　あの男はあなたの秘密を握り、それにつけこもうとしている。いいのですか？」

「いやです」

「じゃあ、殺すしかないではありませんか」

石田を殺す。そのアイディアが早苗の頭の中に浮かんだのはそのときが初めてだった。それはいい、と素直に思った。

「でも、どうやれば……」

〝天使〟は首を傾け、ふふ、と笑った。見るものすべての心を透明にしてくれるような、純なる笑顔だった。

「私があなたに、力と知恵を授けましょう」

早苗の右手を取ると、天使は口を耳元に近づけ、早苗にその【アイディア】をささやいた。

「まさか、そんなこと……」

「あなたならできます。そうですね、準備が必要でしょうから、実行日は明日としましょう」

早苗の目をまっすぐに見つめ、〝天使〟は言った。その目を見ていると、たしかに実行できるのは自分しかいない気がした。今や、周囲の静止している園児や同僚も、この【アイディア】をたたえる讃美歌(さんびか)を歌っているかのように思えてきた。

〝天使〟に握られた右手が、じんわりと熱くなり、その熱は体中に広がっていく。【力】が授けられたのだと、本能的にわかった。早苗の頭の中に、一つ、純粋な疑問が浮かぶ。

「でも、あなたはどうして私にこんなによくしてくれるの？」

〝天使〟はまたさっきと同じように首を傾け、微笑んだ。

「人類の、未来のためです」

2

矢島正成(まさなり)が、娘の律花の手を引いてバスに乗り、家に着いたのは午後七時半のことだった。

「おかえりなさい」

大きな腹を抱えて、妻の美恵子(みえこ)が出迎えた。ママただいまと言う律花に、美恵子は微笑みかけると、再び矢島のほうを見る。

「ごめんなさい。お迎えに行かせちゃって」

「いいって、無理するな」

律花を促（うなが）して洗面台で手を洗わせ、自分も手を洗ってダイニングへ行くと、テーブルの上には夕食が用意されていた。肉じゃがと焼き魚だ。妊娠五か月の身できちんと夕食を用意してくれる妻を、矢島は愛（いと）しく思った。

「さあ、食べましょう。遅くなっちゃって申し訳ないけれど」

「美恵子のせいじゃないさ」

笑顔を作って箸（はし）を取り、夕食をとりはじめる。

仕事の性質上、家族団欒（だんらん）のこの時間は矢島にとって貴重だった。しかし、せっかくのその時間も、今日の気分では台無しだ。

「石田さん、助からなかったのかしら」

遠慮がちに、美恵子が訊（き）いた。

「ああ。知り合いがいたから訊いてみたんだが、発見されたときにはすでに心臓が停（と）まっていたそうだ」

「そう……ごめんなさい。食事中にこんな話、嫌よね」

「いや、いいんだ」

矢島は、千葉県警船橋東署に勤める刑事だ。ここのところ、署内は戦々恐々とした雰囲気に満ちていて、落ち着かない。理由はもちろん、先月二十日に東京都内で起きた、テロ事件だった。

朝のラッシュ時、営団地下鉄日比谷線に異臭が立ち込めた。乗客が次々と倒れ、目の痛みや体のしびれを訴えた。サリンという、第二次世界大戦時にナチスドイツが開発した猛毒がいくつかの車両内に撒かれたのだとわかったのは、その日のうちだった。警視庁は、かねてから目をつけていた宗教団体の強制捜査に踏み切り、何人かの関係者と思しき人物を別件で逮捕した。しかし一か月たった今も確たる証拠は発見できず、また、逮捕した者たちも関与を否定し続けており、捜査は行き詰まっている。

別の組織の犯行では？　そういう不安をあおる情報も流布しているが、警察内部ではほぼ教団の仕業だと意見が一致している。そして、教団が別の事件を起こすことも十分に考えられた。千葉県内では教団の関わる大事件は起きていないが、県警内部でも躍起になって教団関連の情報を集めているところだ。

今日の四時すぎ、美恵子が電話をかけてきたのも、まさに部下の集めてきた情報の確認作業をしているときだった。

律花のお迎えを頼めないかしら、と、美恵子は受話器越しに言った。長女の律花は今年六歳になる。つい最近、船橋市内にある〈なかみがわ幼稚園〉の年長にあがったばかりだ。朝夕に通園バスが来るはずだがどうかしたのかと訊ねると、バスの運転手が園の裏手で倒れているのが発見され、そのまま救急車で運ばれたと美恵子は言った。バスが出せないので、保護者が各自迎えにきてくれないかと電話で連絡が入ったそうなのだ。同僚たちに事情を話すと、あとはやっておきますよ、と快く言ってくれたので、矢島は律花を迎えに行った。

「元気そうだったのに。心臓でも悪かったのかしら」

肉じゃがをつつきながら、美恵子が言った。

「そうみたいだな」

矢島は妻の顔を見て、小一時間ばかり前のことを思い出した。

幼稚園に着いたのは五時すぎだった。パトカーが停まっていた。建物の裏手に黄色い規制テープが張られ、その近くで迎えにきた保護者たちが五、六人、不安そうに立ち話をしているのが見えた。知り合いがいたら挨拶でも、と軽い気持ちで、律花を迎える前に矢島は現場をのぞいてみた。

顔見知りの鑑識課員や警察官たちがおり、その中に立本という、よく知った生活安全課の署員がいた。声をかけると、おや、というように彼は近づいてきた。

「刑事課にも出動要請がかかったんですか？」

「いや、子どもがこの幼稚園にいるんだ」

照れ笑いがこぼれた。そうですか、と立本も頬を緩めた。

「バスの運転手が倒れたと聞いたが」

「そうです。運ばれましたが、先ほど死亡が確認されました。現場を見ますか？」

そういうつもりで言ったわけではないが、立本が規制テープを上げたので、矢島はくぐり、建物の裏手へ回った。

敷地の角に近いところだった。一方は道路に面し、塀の向こうに車の往来の音も聞こえる。もう一方は雑木林に面しており、落ち葉があたりの地面を絨毯のように埋め尽くしている。空気を勢いよく噴き出して落ち葉を集めるためのブロワーと呼ばれる機械が、コードをだらりと伸ばしたまま落ちていた。

「石田は、この辺りに倒れていました。左手にその機械を握っていました」

ブロワーのすぐ近くまで行くと、立本は手で大きく円を描いた。園の裏口と思しき木製のドアの前だった。コンクリートのスペースの上に、細いたわしのような素材を幾何学的に織り込んだ金属製の足ふきマットがある。

矢島は立本が示した辺りに向け、手を合わせた。

「発見者は原川虹子、この園の園長です」

「原川先生か。知っているよ」

「ああ、そうでしたね。退園時間の午後三時になっても石田がバスの近くにやってこないことを不審に思った原川が探し回ったところ、ここに倒れていたということです」

矢島は知らなかったが、石田はバスの運転手の傍ら、この園の用務員のような仕事もしていたそうだ。落ち葉が積もっているのでひまを見つけて片付けておいてくれないかと園長が依頼したのは、昨日のことだそうだ。

「事件性はないんだろうな」

訊きながら、刑事の性とは嫌なものだ、と自嘲した。

「石田の所持品から、心臓病の薬が見つかっていますし、日ごろから心臓が弱いんだというようなことをぼやいていたと、何人かの職員が証言しています。急な発作で倒れ、人目につかないところだったので誰も気づかないうちに手遅れになってしまった、というところでしょう」

不幸な突然死。珍しいことではないが、身近で起こるのはやはり気持ちのいいものではない。

「残念なことだ」

矢島はそう言い残し、律花を迎えるべく昇降口へ向かった。


「かわいそうね。家族はいたのかしら」

美恵子はさらに知りたそうな顔だった。

「独り身だそうだ。五十五になるが、一度も結婚していない」

どうして知っているのか、という表情が美恵子の顔に浮かぶ。

「律花が準備をしているあいだに、園長先生が来て、話してくれたんだ」

「そういうことだったの。刑事ってなんでもすぐ探るのかと思って」

「それは、否定できないな」

冗談めかして矢島が返したそのときだった。

「じけんかもしれないよ」

律花が言った。

矢島は驚き、とっさに美恵子の顔を見た。美恵子も、目の前をまるで妖精でも通ったかのような、不意を突かれた顔をしている。

「じけんかもしれない」

聞き間違いではないようだった。箸も満足に使えず、プラスチック皿の上にジャガイモや肉のかけらを散乱させている五歳の娘は、ぼんやりと自分の手元に目を落としたまま、二度も「事件」と言ったのだ。どこでそんな言葉を覚えたのか。普段から無口な娘だということもあって、矢島の戸惑いは相当なものだった。

「おい律花……」

矢島の問いは、電話の着信音に遮られた。すぐさま美恵子が立ち上がり、ドアの近くの電話台へ向かっていく。

「あなた、課長さんよ」

応対をした後で、美恵子は矢島に受話器を差し出してきた。泥水のように釈然としないものを胸に抱えながら、矢島は受話器を受け取った。

「はい。代わりました」

〈矢島、幼稚園のバスの運転手が死んだ案件を知っているな〉

「生活安全課の立本から聞きました。というより……」

〈お前の娘の幼稚園なんだろう、立本から聞いたよ〉

なぜ刑事課に……という疑問はすぐに氷解することになる。

〈その事件、刑事課の領分かもしれん〉

「コロシ、ということですか？」

課長の鋭い眼光を受話器越しに感じながら、矢島は訊いた。

〈立本の話を聞く限りではな。そもそも、あいつが疑って、うちへ持ち込んだんだ〉

その口調から、課長もその線を疑っていることがありありとわかった。課長の鋭さを、矢島は信頼している。

〈まあ、詳しくは立本に訊いてくれ。明日からしばらく、その件に回ってもらって構わん〉

「しかし……」

今こう七ている間にも、例の宗教団体が動き出そうとしているかもしれない。

〈心配するな。これだけ警察が警戒してるんだ、やつらも動くに動けないさ。立本は《青びょうたん》に待たせてある〉

「相変わらず、強引ですね」

〈早く帰しておきながら、邪魔して悪いな。女房に逃げられた刑事ってのはどうも、温かい家庭が恨めしくてな〉

いたずらっぽいその顔が、目の前で笑っているようだった。

3

　西口早苗というその幼稚園教諭に矢島が初めて会ったのは、翌日、四月二十日の午後三時すぎのことだった。

「あらためまして、西口です」

　聴取のために借りた園の応接室に現れた彼女は、にこやかに挨拶をした。二十七歳だと美恵子から聞いていた。細おもてで目つきが鋭いが、その分責任感のありそうな雰囲気だった。

「矢島です。娘がいつも、お世話になっております」

　言うべきではないと自覚していたが、つい、口をついて出てしまった。聴取はほかの職員にも一人ずつ行っており、彼女だけが特別というわけではない。年長クラスには他にも担当職員がついている。

「律花ちゃん、今日も楽しそうにお遊戯していましたよ」

「そうですか、それは……」

「今日は、そういう話ではないのですよね」

幼稚園という空間は、どうも調子が狂う。聴取をしようとしている矢島のほうが、西口の優しい雰囲気にのまれているようだった。

「昨日、お亡くなりになった石田勝次郎さんの件についてです」

気を取り直すように、言った。

「心臓発作だそうですね。病院に運ばれたときには、すでに亡くなっていたとか」

正確には、通報される一時間前にはこと切れていたということだった。

「ええ。しかし、不審な点があるのです」

「不審な点？」

「左の手のひらに、火傷の跡が」

昨日、船橋東署の警察官たちの行きつけの店《青びょうたん》にて立本が告げたことを、矢島は言った。

「火傷？　何か、熱いものでも触ったんじゃないですか？」

その返答に少し引っかかるものがあったが、顔には出さず、矢島は答える。

「そうかもしれませんが、別の可能性もあります」

「なんです？」

「感電です」

西口の目が、少し見開かれた。今まで聴取をしてきた他の職員たちと同じ反応だった。

「左手が、電極か何かに触れてしまった恐れがあるんです。もともと心臓の弱かった石田さんはそのショックで亡くなってしまった」

「なるほど……」

西口は少し考えるような表情を見せてから、

「石田さんが倒れたそばに、何かそういう、強い電気を発生させるものがあったんですか?」

そう訊ねた。

「ブロワーが落ちていました」

「ブロワーというと……ああ、あの、風を送って落ち葉を集める」

「そう、それです」

「石田さんが使っているのを見たことがあります。あれって、コンセントにつないで使うんでしたっけ?」

「この園にあるものはそうです。差込口は、物置の扉のすぐそばに」

「じゃあ、そのプラグを差すときに、誤って感電してしまって……。普通のコンセントでもそういうことってあるんでしょうか」

「ええ」

矢島はうなずいた。

「感電事故の多くは、電圧のかかった部分や漏電部分から地面にかけて、人の体を電流が通るというケースです。人体の電気抵抗は大きいため、体内に流れた電流によって死に至ることは稀ですが、石田さんは心臓が悪かったようですのでそのショックで死亡したという可能性はあります」

それはそれは、と歪む西口の顔から、矢島は目を離さない。

「ですがその可能性を考えると、別な不審点があるんです。石田さん、右手ではなく左手に火傷を負っているんです。ということは、左手でプラグを差そうとしたことになりますね」

「そうですね……」

何がおかしいのか、というように西口は首を傾げ、「ああ」と手を打った。

「石田さんが、右利きだったら左手で差したのはおかしいんじゃないかということですか。……あれ、でもちょっと待ってください。石田さん、たしか左利きじゃなかったですか？」

「そうです」

それも立本が調べ済みだった。だが、立本が刑事事件を疑ったのは石田の利き手が理由ではなかった。

「石田さんが、バスの運転手に転職する前に、照明の取り付けの会社にお勤めだったことをご存じですか？」

「なんですか？」

急な話題転換と、知らない事実と、両方に訊き返しているような顔だった。

「イベント施設や、公共施設、工場、そういった場所に照明を取り付ける現場で働いていたらしいのです。こういった現場で働く人たちには、一つの常識があるんだそうです。電源プラグを差し込むときには、利き手がどちらかにかかわらず、必ず右手を使わなければならないという常識です」

「必ず、右手を——？」

「はい。というのも、ご存じの通り、人間の心臓というのは体の左側にあります。もし万が一、電極に触れてしまった場合でも、体の左側より右側のほうが危険が少ないんです。実際、電気関係の現場で感電死した人間の八十パーセントが、左手から感電しているというデータがあるのです」

《青びょうたん》でレモンサワーを傾ける立本の姿を思い出す。十年にわたる生活安全課の経験の中で、そういう現場に四度出くわしたことがあると、自慢げに彼は語っていた。

「そういった会社では研修の際にしつこいくらい、『プラグを差し込むときは右手で』と叩きこまれるそうです。五年前に照明の会社を退職した石田さんですが、長年体に染みついた教えというのは拭えないものだと思うんですよ。ましてや彼は、心臓が悪かったんですから、右手を使うのが自然です。となると、左手に火傷の跡があるのは、どうも……」

「おかしいですね」

矢島の言葉を引き継ぐように、西口は言った。

「でも、どういうことかと訊かれても私にはわかりません。つい、左手で差し込んでしまったということがなかったとも言い切れないんじゃないですか」

「もちろんです」

矢島は同意しながら、西口の様子をうかがう。

「ですが、あるいは何者かが、石田さんを故意に感電させたか」

「……まさか」

「いずれにせよ、今晩、石田さんの遺体を解剖することになりましたから、明日には詳しい死因がわかると思います」

「…………」

「西口先生？」

「え、あ、ああ、そうですか」

西口の明らかな様子の変化を、矢島は感じていた。上の空だし、膝の上の両手が震えている。

「あの、矢島さん」彼女は思い出したように口を開いた。「お話がそれだけなら、失礼したく思います。オルガンを弾かなきゃいけないものですから」

「ああ、もう一つだけ、すみません」

ソファーから腰を浮かせる西口を、矢島は引き止めた。西口は不満そうな顔をして、再び腰を落とす。

「石田さん、バスの運転手をしながら、この園の雑務をいろいろしていたらしいですね。園の周囲の掃除や、花壇の手入れといった用務員のような仕事から、行事の際に写真を撮るということも」

バスの運転手は送り迎えの時間しか実働がないため、給料が安い。他に収入源を探さねばならないが、この園ではそういった仕事を回すことにより、石田にいくらかの日当を出していた——というのは、二時間ほど前、園長への事情聴取で明らかになったことだった。

「石田さん愛用のカメラがあるそうですね。ニコンの一眼レフです」

「いつも使っていらっしゃるものですね」

「それが、見つからないんです」

「それが、何か?」

険のある言い方だ。目つきが鋭いので余計にそういう印象を受ける。

「先生、ご存じないかと思いまして」

「私が知っているわけはありません」

西口は今度こそ立ち上がり、失礼します、と言い残して部屋を出て行った。

4

他の職員すべてに聴取を終えたのは、午後四時半のことだった。石田が心臓に問題を抱えていたことは約半数の職員が知っていたが、残りの半数はそもそも石田と挨拶以外の会話すら交わしたこともないと証言した。石田の前職について知っていたのは原川園長だけで、しかも言われてようやく思い出したくらいだった。

今のところはまだ、事件・事故のどちらか判断できないというのが矢島の所感だった。

左手の火傷が感電によるものだというのは、今朝、立ち寄ってきた鑑識課の顔見知りも言っていた。ただその鑑識課員によれば、故意に人を感電死させるのは難しいだろうということだった。

人体の抵抗は大きく、電圧のかかっている部分から地面にアースさせるという方法では、家庭用コンセントに無理やり触らせたとしても、死に至らしめるくらいの電流が流れることはほぼないそうだ。手が濡れていれば抵抗は減るが、それでもしびれを感じるのが限界だろうということだった。もし確実に人を感電死させるなら、高電圧のかかった電極の両方を一度に握らせ、人体を回路の一部にしてショートさせるのが一番だが、そんな発電装置を用意するのも、怪しまれずにそんな状況に被害者を追い込むのも無理だと鑑識課員は笑った。

今日の聴取の中で、矢島がもっとも気になったのは、西口早苗の態度だった。石田が前職の習慣から左手でプラグを差し込むわけがないということを告げたとき、明らかに動揺したのは、職員の中で彼女だけだった。しかしそれも、確実だったかと問われれば、今となっては自信もなくなっていた。

もう一つの不審点は、消えた一眼レフカメラだ。石田と会話を交わしたことがなくとも、聞き込みをしたほぼ全員が、そのカメラについては覚えていた。のみならず複数の職員が、石田は家に持ち帰ることなく、常に職員ロッカーにカメラをしまっていたはずだと証言した。

だが、石田のロッカーからカメラは見つかっていない。ひょっとしたら事件直前に持って帰ったのかもしれないが……、やはり石田の家まで行って調べてみる必要があるだろうか。

いずれにせよ、今晩の石田の解剖の結果を待つとしよう。

園長に礼を言おうと職員室をのぞいたが、三人の教諭しかおらず、園長はそこらにいるだろうと言われた。昇降口へ向かいながら、ふと、最後に物置を見ておこうかと思い直した。あらかじめ園長には、建物内は自由に見ていいと許可を得ている。

この幼稚園は園庭を挟み込むようなＬ字形をしており、短いほうの辺に昇降口と、それに向かい合うようにして職員室があり、隣に面談室、職員ロッカーと続く。さらに隣接するように角に調理室があり、長い辺には年少クラス、年中クラス、年長クラスの順に園庭に面して部屋がある。

物置は年長クラスの先の突き当たりにあった。建物側にも外側にも扉がついているが、普段園児を出入りさせないために、建物側の扉の前にはアコーディオンカーテンが引かれており、その前に「はいらないでね」と赤の文字で書かれた立札があった。

矢島は立札の脇を通り、アコーディオンカーテンを開いた。外側の扉と同じく、無機質なプラスチック板を張ったドアがあり、壁際（かべぎわ）にドアストッパーが転がっていた。ドアに鍵はかかっていなかった。薄闇の中、土と埃（ほこり）の入り混じったにおいが漂っている。壁を探ると電気のスイッチがあった。今にも消えそうな蛍光灯（けいこうとう）がぱちぱちと明滅（めいめつ）した。

右側には「ボール」「運動会小物」などと書かれた段ボール箱が積まれ、その向こうに玉入れの籠（かご）や、何かの棒が立てかけてある。左手にはスチール棚があり、工具箱やプラスチック箱、石灰（せっかい）のライン引き、ラジカセ、拡声器などが雑多に置かれていた。段ボールの壁とスチール棚の間になんとなくできた通路は、ベニヤで作られた「入園式」の看板の前で左に曲がっている。その先の突き当たりが、外へ通じる木製のドアだった。

矢島はドアを開く。春の暖気が顔をなでる。石田が倒れていたのは、すぐそこだった。

改めて、ドアを観察した。

ドアノブと軸のあいだに、何か焦（こ）げたものがあるのが見えた。手を伸ばして取ると、わずかな銅線のかけらだった。はっとして、しゃがみこみ、ドアの下も調べる。そこには何もない。

あきらめきれずにまたドアを開き、外のコンクリートを見る。

「おっ」

隅々（すみずみ）まで目を光らせ、思わず声が出た。

古びて、たわしのような部分が半分以上なくなっている金属製の足ふきマット。その隅に、同じような金属の銅線のかけらが巻き付いていたのだ。

矢島の頭の中に、ある光景が浮かぶ。

二本のコードが建物内部から伸びており、一本はドアノブに、もう一本はドアの下を通って足ふきマットにつながっている。〝犯人〟は当該（とうがい）時刻、このコードに強い電圧をかけておく。何も知らずにやってきた石田は足ふきマットの上に立ち、ドアノブを左手で握る。瞬間、回路の一部となった石田の体には電流が流れ、死に至る。鑑識課員が笑い飛ばした、「ショート」の可能性だ。

コードなら、人目を盗んで回収することができただろう。足ふきマットのほうは急いで引っ張ったため、この銅線が残されたのだとしたら……。

しかし、これが事実だったとしてまだ謎（なぞ）は残っている。石田があの時刻に来ることをなぜ犯人は知っていたか。そして、そんな高電圧を発生させる装置など、この幼稚園にあるのかどうか。

少し考え、矢島はかぶりをふって、ドアを閉めた。

昇降口までやってくると、園庭に面した門のところに原川園長を見つけた。紫色のニットを着た女性と話しているが、どうも様子がおかしい。その女性は、園長を怒鳴りつけているようだった。

靴を履いて、小走りに近づいていく。園長と女性はほぼ同時に、矢島に気づいた。

「園長先生、今日のところは聴取が終わりましたので」

「ああ、そうですか」

原川園長は困惑したような顔だった。少し考えた後で、

「こちら、田町久男くんのお母様です」とニットの女性を紹介した。

どうも、と会釈をした後で、その名前を思い出した。

三日前、すなわち石田が死ぬ前々日、矢島は深夜に帰宅した。妻の美恵子はまだ起きていて、律花が幼稚園で男の子に顔と腕を引っ掻かれたと心配そうに報告してきた。すでに寝ていた律花の腕と顔にはたしかに傷が残っていた。「先生が言うには大したことないそうだけど、そういう男の子がいると、ちょっと困ったわね」と美恵子は眉をひそめたのだった。――その男の子の名前が、たしか田町久男だった。

「矢島律花の父です」

と自己紹介すると、やはり彼女はばつが悪そうな顔をした。

「どうかしたのですか?」

「ああ、いえいえ、大したことじゃないんです」

「大したことですよ!」

田町久男の母親は怒鳴りつけると、

「とにかく、今後こういうことがないようにしてください」

一方的に言い残し、門のほうへ向かっていった。

「なんなんですか、あれは」

「ええ……まあ、ちょっとしたトラブルで」

園長は言い淀んでいたが、矢島が無言でその顔を見ていると、

「警察沙汰にしないでいただきたいんですが」と前置きをして話しはじめた。

「十八日、私が出張していた日のことです。久男くんの通園帽子と通園着がハサミのようなもので切られてしまったんです」

「ハサミ?」

「ええ。通園着のほうはちょっとだけだったんですが、帽子のほうはもう使えないくらい

にボロボロになってしまいましてね。久男くんはその日、泣きながら園バスに乗って帰ったんですが、七時過ぎになってご両親がものすごい剣幕で怒鳴り込んでいらして。そのときは私、出張から帰っていて対応したのですが、もう、手の付けられない状態でした」

園長もうっぷんが溜（た）まっていたようで、一度話を始めると止まらなかった。

「その犯人は見つかったんですか？」

「いいえ。……まあ、久男くんは普段はにこにこしていて元気がいいんですが、ちょっと癇癪（かんしゃく）が激しいところがあるんです」

「ああ、それは知っています」

「そういえば、三日前の十七日、律花ちゃんが飛び掛かられちゃいましたね、申しわけありません」

「子ども同士ではよくあることかと思っていたんですが、久男くんの場合はひどいんですか」

いつの間にか、父親の立場が顔をのぞかせていた。

「ひどいというか、まあ、手を焼いている先生も多いです。三日前もね……」

と言いかけて、原川園長ははっとした。

「すみません」

頭を下げて、園へ向かう。立場上、それ以上は言えないということだろう。これは何かある。直感した矢島は、その背中を追った。

5

園長は結局何もしゃべることなく、園長室へ逃げ込むように消えた。園児の多くが退園したので職員も大半は帰宅しており、預かり保育を担当している職員のみが残っていた。

「ああ、三日前のことですよね」

証言をしてくれたのは、年長クラスに残っていた柴田という教諭だ。部屋には三人の男子園児が、散らかしたブロックの中に座って遊んでいる。

「たしかに久男くんが律花ちゃんを引っ掻いて、止めに入ったさなえ先生がものすごいことになっちゃったんです」

「ものすごいこと、とは？」

「久男くんの背中を蹴りつけて、振り返ったところ、鼻っ柱にげんこつをゴツン。久男くん、そのまま仰向けに倒れてしまいました」

「手をあげたんですか」

「まあ、久男くんはああいう子ですから、私は正直『やった』と思ってしまいました。でもそのあと、鼻血を出している久男くんに向かって絵本を投げつけはじめたときはさすがにやりすぎだと思って、みんなで羽交い絞めにして止めたんです」

あの穏やかそうな西口がそんなことをしたとはと、矢島は驚いた。

「さなえ先生、あの日園児たちが帰ったあと、園長先生に叱られたみたいですよ。目を真っ赤にして職員室に戻ってきて、私たち誰も、声をかけられませんでしたから」

矢島はうなずきながら聞いていたが、あることに思い当たった。ただ、直接的に柴田に訊くことはためらわれた。

「一昨日、久男くんの通園帽子と通園着が被害に遭ったそうですが」

「ああ、あの件は、外部からの犯行ということになりました」

そのときは園庭に誰もおらず、門には鍵がかかっていなかった。昇降口にも人影はなかったはずだから、忍び込んでハサミで帽子と通園着を切るくらいのことはできたはずだ、と柴田は言った。その態度にはどこか含みがあるように矢島には見えた。

「いたずらや嫌がらせのために、幼稚園に忍び込む者などいるでしょうか？」

柴田は矢島のほうに体を寄せ、「ここだけの話なんですけど」と声を潜めた。

「あれはさなえ先生の仕業じゃないかって、みんな噂しています」

「根拠は?」

「私たち、日中は代わる代わる一時間ずつ休憩を取るんです。職員室にはたいてい、園長先生や他のクラスの先生がいるんですが、あの日のさなえ先生の休憩時間だけたまたま、他のクラスの先生は休みを取っていなかったんです。園長も出張中でしたから、職員室には先生一人だったんです」

「当然、彼女は追及されたんでしょうね」

「ええ。でも、そのとき職員室に一緒にいた人がいるんですよ」

「誰ですか」

「亡くなった石田さんです」

その名に、どきりとした。

「さなえ先生の休憩中、ずっと職員室でおしゃべりをしていたそうなんですよ。でも石田さん、普段は職員室に出入りすることなんてめったにないから、おかしいなとみんなで噂していたんです」

うんうんと自分で言ったことにうなずき、柴田は続けた。

「さなえ先生は園長の信奉者(しんぽうしゃ)だから。園長の提唱(ていしょう)している幼児教育理念の四か条を一言(いちごん)一句(いっく)間違えずに言えますし、園長が見ているとなるともう、張り切っちゃってしょうがないんです。心酔する園長に叱られたわけですから、久男くんへの恨みは相当なものだったんじゃないでしょうか」

　動機はじゅうぶんだ。

　矢島の頭の中にはすでに、一つの筋の通った仮説が出来上がっていた。

「石田さんが倒れた日の午後二時から三時のあいだは、みなさんはどこにいたんですか？」

「この教室です。あの日は午後の時間はみんなで工作をしていました。いつもどおり、二時二十分から五十分のあいだはおうたの時間、十分で帰りの会をしました」

「みなさん、この部屋にいたんですね。西口先生も」

「はい。工作のときもいましたし、さなえ先生はおうたのときはいつもオルガン担当ですから」

　アリバイはあるということだ。しかしこの部屋は物置のすぐそばだ。アコーディオンカーテンと床のあいだには隙間もある。物置の建物側の扉をドアストッパーで開けておけば、外側の扉からこの部屋にコードを引いておくことは可能だ。

　オルガンは、部屋の隅、アコーディオンカーテンのすぐ近くにあった。物置にもっとも近い位置だ。

「オルガンには普段、西口先生しか近づかないんですか？」

「ええ。園児たちにもいたずらはしないよう、きつく言っています。ね」

預かり保育の子どもたちを振り返りながら、柴田は答えた。「うん、そうでーす」と声を揃える子どもたちに軽く微笑み、矢島はオルガンに近づいた。

オルガンと壁のあいだに、背もたれのない、演奏者用の椅子があった。ここに座り、園児たちのほうに顔を向けながら演奏するようだ。

ふと、ペダルに何かの断片が貼り付いているのが見えた。しゃがんで指を伸ばしてはがしてみると、それは数ミリほどのアルミホイルの破片だった。

「ペダルにこんなものがついていたのですが、工作に使ったものでしょうか？」

「アルミホイル……。さあ、ここのところは使っていませんね」

不思議そうに首を傾げる柴田の顔を見て、矢島ははっとした。

「このお部屋、この後少し騒がしくなってもかまいませんか？」

「ええと、じゃあ、私たちが移動します。みんな、年中さんクラスに移動しましょう」

「えー」

「文句言わないの」

柴田に礼を言うと、矢島はアルミホイルの破片をハンカチに包み込み、職員室へ向かった。鑑識がオルガンを調べる許可を、園長にもらうつもりだった。

6

轟音が、頭の上を通り過ぎる。

早苗はその音に紛れるようにして、コンクリートブロックを振り下ろす。白い破片が飛び散るが、カメラは位置をずらしただけで、破片の一つも落ちない。

電車は通りすぎ、この世の終わりのような静寂が訪れた。

住宅街を少し離れたガード下だ。時折、脇の道路を車は通っていくが、夜の十一時をすぎれば、人通りは皆無だ。

肩に徒労感を覚えながら、早苗はアスファルトの上の一眼レフカメラを見た。

バラバラにして、方々に捨ててしまうことを思いついたのは、今日、船橋東署からやってきた矢島刑事の聴取を受けているときだった。律花ちゃんの父親ということで油断していた面もあるのかもしれない。石田を自然死に見せかけるのはたやすいと思っていた。感電死を見破られることを見越して、普段石田が使っているブロワーを転がしておいたところまではよかった。

だが、石田がかつて照明を取り付ける仕事をしていたとは初耳だった。しかも、そういう職の人間が、心臓とは逆の右手でプラグを扱う習慣があることなど……。

動揺してしまったのは自分でもわかった。手が震えていたのも矢島に見られてしまったかもしれない。

今夜、石田を解剖するといっていた。感電死したことは、確実にわかってしまうだろう。

でも、大丈夫なはずだ、と自分に言い聞かせる。たとえ他殺だと判断されても、私には確実なアリバイがある。コードは切り刻んで捨てた。フィルムも燃やした。あとは、このカメラさえこの世から消えてしまえば証拠は残らない。

そのままゴミに出すのはさすがに危険だろう。部品ごとにバラバラにして方々へ捨ててしまうのはどうだろう……。しかし、警察だったらそれを逐一拾い集めて再び一つのカメラに戻して、目の前に持ってくることだって可能なのじゃないだろうか。

ありえない不安が胸の中で膨らみ、早苗はやはり、カメラを物理的に粉々にすることにした。深夜、自転車を飛ばし、一度来たことのある京成本線のガード下までやってきた。

破れたフェンス、落書きのある橋脚。スチール棚やステレオ、バイクの部品など、不法投棄物がごろごろしており、雑草がアスファルトを突き破って闇の悪魔のようにはびこっている。手ごろなコンクリートブロックを見つけ、電車が通るたびにそれを振り下ろしている。

カメラは頑丈なものだった。

いっそのこと、トラックにでも踏みつぶしてもらえたら……と、またあり得ないことを考える。

電車がやってきた。頭上を通過するタイミングで、再びブロックを頭の上に――と、振り下ろそうとした瞬間、轟音がやんだ。電車の窓からの光はある。

「えっ？」

勢いあまってブロックをアスファルトの上に落としてしまう。その転がった先に、金色の光に包まれた裸足があった。

「ずいぶんと、力のいる作業をしていますね」

白いワンピース、金色の長い髪、若々しく透明感のある声に、からだ全体をコーティングするようにきらめく光の粉。……〝天使〟がそこにいた。

「殿方にお任せしてはいかがでしょうか」

清らかな声で彼女は言った。彼女がまた、時間を止めてしまったのは明らかだった。

「そんなこと、できるわけないでしょ」

額の汗をぬぐう早苗に向けて、〝天使〟はまた微笑んだ。

「そんなに焦ることはありませんよ。あなたはうまくやった。フィルムは回収して燃やしてしまったのでしょう？」

「たしかにそうだけど、このカメラが見つかったら、刑事はまた私を疑うかもしれないじゃない」

「あなた、疑われているのですか？」

「疑われているわよ」

声を荒らげたけれど、本当だろうか、と自問する。ただ自分の中に絡みついている不安のために、こんな余計なことをしているだけではないだろうか。

早苗は絶望的な気持ちになった。これから一生、この不安を抱えて生きていかなければならないのか。それもすべて、矢島のせいだ。

「……殺しちゃおうかしら」

無垢な〝天使〟の顔を見てつい、早苗はそうつぶやいた。

その瞬間、目の前に光の道が開けた気がした。

「そうよ。あの刑事を殺してしまえばいいのよ。律花ちゃんのお父さんだなんて知ったことじゃない。あの刑事を殺せば、私を疑う人は誰もいなくなる」

いいアイディアだ。〈なかみがわ幼稚園〉にはこれからも西口早苗が必要だ。それに引き換え、矢島がいなくなったって、刑事なんて他に代わりはいっぱいいるはず。これ以外に方法はない。

ところが――、

「いけません」

〝天使〟の顔からあの微笑みは消えていた。

「はい？」

〝天使〟の顔からあの微笑みは消えていた。

「矢島正成を殺してはいけません」

早苗の中に、怒りがわいてきた。

「なんなのあなた。石田が邪魔だから殺せと言ったのはあなたじゃない。私が誰を殺そうと勝手でしょ？」

〝天使〟はすっ、とアスファルトの上をすべるように、一瞬にして早苗の前に近づいてきた。早苗はぎょっとした。

「矢島正成を殺してはいけません」

同じことを繰り返したあとで、〝天使〟は早苗の目を覗き込む。

「もしあの男を危険な目に遭わせるようなことがあれば、創造主に代わり、私があなたに罰を与えるでしょう」

「なぜ……」

「今夜はそれを言いに来たのです」

すっ、とまた、早苗から距離を取った。そしてあの清らかな笑顔を浮かべた。

「ではおやすみなさい」

「ねえ、ちょっと待ちなさいよ」

「人類に、創造主のご加護がありますように」

コンクリートブロックと、白い粉のついた一眼レフの転がるガード下。一人残された早苗の耳を、大地を揺らすような電車の音が通り抜けていった。

7

ダイニングのテーブルに一人、湯飲み茶わんを両手で包むようにして、矢島は座っている。テーブルの上には、石田勝次郎の解剖の結果報告書があった。

石田の一件が不幸な事故によるものだという線は、矢島の中では完全になくなっていた。聴取のときに感じた、西口早苗の焦りはやはり気のせいではなかったのだという思いは、確信に変わりつつある。

四月十七日、西口は律花に乱暴をした田町久男に対し、幼稚園教諭としてあらざる暴力的な行為をはたらいた。それによって原川園長に叱られ、田町久男に逆恨み（さかうら）を抱いた。十八日、たまたま一人の休憩時間があった西口は、衝動的にハサミを持ち出し、昇降口にかけてある田町久男の通園帽と通園着に切り込みを入れた。――そこを、石田に目撃されたのではないか。

石田は、園の花壇の花の写真を撮っていたか何かで偶然カメラを手にしており、西口の犯行の様子を撮影した。そして、それをネタに西口をゆすった。西口にとってそれは堪（た）え難（がた）いことであり、石田への殺意が芽生（めば）えた。

十九日、石田が倒れたと思われる時刻、西口にはアリバイがある。ただ、あらかじめコードを物置の中に伸ばし、ドアノブと足ふきマットにつないでおけばできないこともない。物置に置いてあるのは運動会や発表会などイベント時に必要な備品が中心なので、普段は誰も出入りすることがないという。金品を渡す時刻を指定して、石田を呼び出すことも可能だ。

最後に残ったのはやはり、発電の問題だった。

子どもたちの前でオルガンを弾きながら、コードに電流を流す方法はあるか。アルミ箔（はく）

の切れ端から矢島が考え付いたのは、オルガン自体が発電装置に改造されているという方法だった。西口に機械いじりの知識があれば、それも可能なのではないか。

矢島は鑑識に連絡し、オルガンを調べてもらった。

結果は——空振りだった。

発電装置が仕掛けられていることはおろか、オルガンのあらゆるネジはしっかり締められたうえに接着されており、購入して以来、解体された形跡など見当たらないとのことだった。

湯飲み茶わんを口につける。中の緑茶は、かなり冷めてしまっていた。

視界の端に何かが動いた気がして、ふと、顔を上げる。

ダイニングにパジャマ姿の律花が入ってきていた。壁の時計を見ると、十一時をすぎている。

「どうした、眠れないのか」

「ねむったけど、おきちゃったの」

「お母さんは?」

「ねてる」

美恵子はいつも、八時すぎには律花を寝室に連れていき、絵本を読み聞かせてそのまま眠らせる。そのあと再び起きて、残った家事をすることもあるが、たいていはそのまま寝てしまうのだった。矢島が帰ってきた十時にはすでに家の中は静まり返っていた。

本来ならすぐにもう一度寝室へ戻すべきなのだろうが、こういう日に娘と会話ができるのは珍しい。矢島は手招きし、律花を抱き上げて腿の上に座らせた。

「だいぶ重くなったね」

自然と笑顔がこぼれたが、律花の反応は薄かった。楽しんでましたよ、と西口は言っていたが、幼稚園では別の顔を見せるのだろうか。

「今日、律花の幼稚園へ行ったよ」

「うん。さなえせんせいがいってた」

答えながら、律花はうつむいた。

「どうした?」

「……さなえせんせい、こわいの」

十七日の、田町久男への暴行のことを言っているのかと一瞬考えたが、違うのではないかとすぐに思い直した。

昨晩の夕食時のことが頭をよぎったからだった。

――じけんかもしれない。

今、この瞬間まで忘れていたが、律花はあのとき、そう言ったのだ。いったいなぜ五歳の娘がそう感じたのか。

「ねえ、律花」

「しろいふくのおねえさんがね、さなえせんせいのおてて、にぎってたんだよ」

訊こうとした矢島を遮って、律花は口を開いた。

「誰のこと？」

「えっとね……、しらないおねえさん」

「それは、いつ？」

「おととい」

十八日、つまり石田が死ぬ前日の、田町久男の通園帽と通園着が被害に遭った日だ。

「おうたのじかんにね、さなえせんせいがオルガン、ひいてたの。そしたら、みんながとまっちゃった」

律花の話をよく聞くと、周りで歌っている園児や教諭が口を開いたまま静止したということらしかった。あまりに荒唐無稽だが、普段そういう夢想めいたことを言わない娘の話なので、妙に現実味があった。

「でも、さなえせんせいとね、ひさおくんだけはとまってなかったの」

「久男くんって、田町久男くんか？」

「そうだよ。わたし、こわくてじっとしてたの。ひさおくんも」

「さなえ先生は？」

「びっくりして、しばたせんせいをうごかそうとしてたけど、だめだった。そしたらね、まいこちゃんのむこうから、しろいふくのおねえさんがでてきたの」

律花のいう〝しろいふくのおねえさん〟は、西口と会話を交わし、西口の手を握った。そしてその手がぼんやり光ったところで、再び周囲の園児たちは歌いだしたのだという。当然、西口は「とまっていた」あいだにオルガンから離れているので、演奏はストップした。不思議そうな顔をしている一同に謝ると、オルガンの前に座り、演奏を再開したのだという。

「さなえ先生と〝しろいふくのおねえさん〟は、何を話していたんだ？」

この不思議な話に、矢島は変に興味を持った。

「おぼえてない。おぼえてないけど、なんかこわかった。やさしそうなおねえさんだったけど、なんかこわかったの」

矢島は律花の頭をなでた。

西口にもう一度会う必要があると感じていた。

8

翌、四月二十一日は、雨の降りそうな嫌な天気だった。矢島は幼稚園の門の前に退園時間の少し前に着き、バスを見送ってから園に向かった。

原川園長に挨拶をし、連れ立って年長クラスへ足を運ぶ。そこには、五人の園児と三人の教諭がいた。その一人は、西口早苗だ。

「はいみなさん、今日の預かり保育は、年中クラスのみなさんと一緒に遊びましょうね」

えー、なんでーと不満そうな園児たちを、原川園長はうまくおだてて誘導する。二人の教諭たちは不思議そうに顔を見合わせていたが、西口早苗だけはじっと矢島の顔を見据(みす)えていた。

「さなえ先生だけは、矢島さんがお話があるそうだから。まこ先生ときょうこ先生は、行きましょう」

やがて年長クラスには、矢島と西口の二人だけが残された。

西口は何も言わず、細く鋭い目で矢島をさげすむように見つめている。

「解剖の結果、石田さんはやはり感電していたことが判明しました」

余計な前置きはせず、矢島はポケットから、鑑識の使う透明のビニール袋を取り出す。

「かかとにも、左手と同じく火傷の跡がありました。のみならず、石田さんのスニーカーの靴底には、こんなものが」

ビニール袋の中にあったのは、金属製の画鋲だった。

「何者かが、石田さんの体に電流を流しやすくするために刺したのだと思われます」

西口は何も答えない。矢島はさらにもう一つビニール袋を取り出し、西口に見せた。青いプラスチックの持ち手のハサミが一挺、入っていた。

「知っていますね？」

「いいえ」

「職員室の、園長先生のデスクにあるハサミです。鑑識が調べた結果、刃にわずかに通園帽と通園着の繊維が付着していました。通常、こんな繊維が職員室のハサミにつくことはありえない。田町久男くんの通園着を切ったのは、このハサミでしょう。外部犯の可能性は限りなく低いと言えます」

西口の表情は落ち着いたものだった。

「田町久男くんの通園帽と通園着が被害に遭ったのは、十八日の登園時間の午前八時から、退園時間の午後三時までのあいだです。そのあいだ、職員室に一人でいる時間があったのは、西口先生だけです」

「私が、久男くんの通園帽子と通園着を切ったと？」

「はい。あなたはその前日、田町久男くんに厳しすぎる指導をしたと原川園長にひどく叱られた。原川園長に気に入られていることを自負しているあなたには、久男くんを恨む理由もあります」

「だからって……」

「このハサミには、先生の指紋がしっかりついているんですよ」

西口はしばらく黙り、やがてあきらめたように息を吐いた。

「……それで、私は逮捕されるんですか。問題児の通園帽子と通園着を切ったという罪で」

「それは私の関与するところではない。私に関係あるのは、通園帽子と通園着を切っていたあなたが、石田さんに目撃されたという事実です」

西口の眉毛がつり上がった。

「石田さんは先生の犯行の瞬間を目撃し、偶然持っていたカメラで撮影した。そして、それをネタに先生をゆすった。だから先生は、石田さんを殺害する計画を立てた」

「馬鹿げています」

「こちらへどうぞ」

西口を手招きして、年長クラスの部屋から出る。すぐ右にあるアコーディオンカーテンを開くと、物置のドアはストッパーによって、少し隙間が開いていた。その下に伸びる二本のコードを、西口は静かに見つめている。

「コードが気になりますね。ああいうふうにつながっています」

矢島はドアを開けた。二本のコードをたどり、段ボールとスチール棚の間を抜け、左へ曲がる。一本のコードは、ドアのノブに巻き付けられている。もう一本のコードはドアの下へ伸びていた。矢島はドアを開く。外へ出たコードは、足ふきマットにつながれている。

「先生は石田さんに、園児たちの面倒を見るのを抜け出してお金を渡すからと言って、午後二時三十分にこの物置へ来るように呼び出したのです。二時半に物置に来た石田さんは、物置の外に落ちているブロワーを見て、誰かが出しっぱなしにしたのだと思ってそれを拾った」

これが、石田が左手でブロワーを握っていた理由だ。

「二時半少し前から年長クラスでオルガンを弾きはじめていた先生は、年長クラスまで引いてあるコードを通じて電流を流した。足ふきマットに乗ってノブを握れば、スニーカーに刺さった画鋲も手伝い、回路の一部となった石田さんの体に電流が流れる。心臓の弱い彼はひとたまりもなく絶命してしまったというわけです」

「…………」

「ブロワーを外に転がしておいたのも先生ですね。石田さんを心不全に見せかけて殺害する計画だったけれど、もし感電死だということが判明しても、ブロワーのプラグを差し込むときに感電したのだろうと警察に判断させるために」

「お話は、わかりました。しかし」

西口の顔からは血の気(ちけ)が引いていたが、その口調はかえって落ち着いているようだった。

「それをやったのが私でないことは、園児や他の先生方が証明してくれます。矢島さんがおっしゃったとおり、あの日、二時半前後は、みんなの前でオルガンを弾いていたんですから。たとえそういう発電装置があったとして、私には扱うことはできません」

「ええ、そうでしょう」

「オルガンが発電装置になっていたというんですか」

「その可能性も考えて、昨日鑑識に調べさせましたが、そんな改造がされていた様子はまったくありませんでした」

それはそうでしょう、と西口は笑った。

「私は福祉大学の出身です。機械の改造なんてできませんよ」

「ただ、ペダルにこんなものが貼り付いているのが見つかりました」

矢島は三つ目のビニール袋を見せた。アルミ箔の切れ端が入っていた。

「それが……なんですか？」

問う西口の顔をじっと見て、矢島は戸惑った。

何と切り出すべきか。西口の言う通り、どうやってドアに電流を流したのかが説明できなければ、告発は完成しない。今、矢島の中にある材料は、あまりに荒唐無稽で、とても刑事が口にできるようなものではないのだった。

しかし、言うしかない。矢島は覚悟を決めた。

「石田さんが亡くなる前日のことです。うちの娘が歌の時間に、〝白い服のお姉さん〟を見たらしいんですよ」

「白い服の……お姉さん？」

「ええ。お心当たりはありませんか？」

西口の顔に、今までになかった動揺が浮かんだのを、矢島は見逃さなかった。さらに反応を見るべく律花の話を再現する。

「歌を歌っていると突然、周りのみんなが止まったというんですね。ところがあなたは動いていたそうです」

「うそ……！」

その反応は、自白に等しかった。矢島はさらに畳みかける。

「そんなあなたのもとへ、白い服の女性は近づき、両手であなたの手を握った。少し光ったと娘は言っていました」

「嘘よ！」

「五歳の娘の見た幻想だと割り切ってしまってもよかったのですが、なんというか、普段そういうことを言わない子なので、妙に信憑性がありました。西口先生」

彼女の眼の中に真実を求めるべく、矢島はその顔を見つめる。

「あなたはその不思議な存在〝白い服のお姉さん〟に、【発電する力】を授かったのではないですか？」

ひゅうっ、と西口の喉が変な音を立てた。驚きのあまり、息を吸いすぎてしまったようだ。

「先生はオルガンのペダルにアルミ箔を貼り付け、物置のドアに通じるコードをそれに接続させておいた。普段オルガンを扱うのは先生だけだそうですし、オルガンの位置は部屋の隅にあるから、物置からコードが通じているのを見られる心配もない。部屋と物置のあいだ、物置と廊下のあいだはアコーディオンカーテンですから、コードのためにドアを開けておく必要もありません」

西口はそばの段ボールに手をついた。矢島の顔を凝視し、小刻みに震えている。彼女はどういう感情に襲われているのか。矢島にわかっているのは、自分が口にしたこの信じがたい推理が的中しているということだけだった。

「あの日、二時二十分ごろからオルガンの前に座った先生は、園児や他の先生方が気づかないうちに、スリッパと靴下を脱いで裸足になり、発電をしながらオルガンを弾いた。いくら石田さんが遅刻しようとも、園バスを出さなければならない三時までにはことは終わっているはずです。石田さんがいないと原川園長が年長クラスへ報告にきたときに、自分の計画が成功したことを、先生は悟ったのでしょう」

西口は、外へ通じるドアのほうへゆるゆると向かった。

「どこへ行くんですか、まだ話は終わっていない」

自ら殺人の道具としたそのドアのノブに手をかけたまま、西口は振り返る。不気味な笑みを浮かべている。

「それで、逮捕できるんですか。私に発電能力があるなんて馬鹿なこと、誰も信じないし、証明できないでしょう」

「おっしゃる通りです。だが、今私の言ったことが真相ならば、先生は殺人者です。その罪は一生消えることはない」

「私は……、一生懸命やってきました」

ちぐはぐな答えだった。

「原川園長の理念を誰よりも理解し、子どもたちの健やかな成長を第一に考え、登園から退園まで一人一人の様子に心を配っています。運動会の創作ダンスだって私の案が一番多く採用されたし、オルガンの演奏だって私が一番うまい。行事の被り物も、壁の掲示物も、私が一番上手なの。私ほど努力している先生は、この幼稚園にはいません」

「だとしても、殺人者に園児の安全を預かる資格などない。一園児の父親として、そう思います」

西口はドアを開け、スリッパのまま外へ出ていく。矢島も後を追った。

「どこへ行くんです」

逃げようとする西口の手を握ったのは、まさに石田が倒れていたその場だった。西口は振り返り――そして、にやりと笑った。

「矢島さんさえいなければ、私の罪はなかったことになるわ」

瞬間、右腕全体に激痛が走った。西口の手を離そうとしても、離れない。虫を殺す子どものような西口の顔を見て矢島はようやく、電流だとわかった。足の先から頭の先まで、痙攣（けいれん）している。

「心配しないでください。律花ちゃんはちゃんと卒園させますから」

誰かに顎（あご）でもつかまれているように顔は空を向き、意識が遠のいていく。塀（へい）の向こうに、ブレーキ音が聞こえた。ついで、衝撃音。

空の中に黒い塊（かたまり）が現れ、西口の頭上へと落ちた。西口の手が離れたと同時に、矢島は後方へと撥（は）ね飛ばされる。

枯れ葉の中に頭をぶつけ、目の前が暗くなった。

「うう、ううう……」

耳に、誰かのうめき声が届く。

目を開ける。気を失っていたのは数秒だったようだ。

数メートルの距離のうちに、黒い大型バイクが倒れていた。先日石田が倒れていたあたりに、フルフェイスのヘルメットをかぶった運転手がぐったりとしていた。バイクから砕（くだ）け散（ち）った破片が散乱している。

「ううう……」

うめき声は、バイクの下からしていた。頭から血を流した西口早苗が、下敷きになっているのだった。

矢島は立ち上がり、自分のものではないような足でバイクに覆(おお)いかぶさる。片手をハンドルバーに、片手をタンクに置き、西口の上からどかそうとするが、力が入らない。

「な……んで……」

顔を上げ、西口が言った。

「しゃべらなくていい」

「……なんでそん……なに……この男を、……まも……るの」

「何を言っている？」

矢島に言っているのではないようだった。彼女の視線は、頭越しに、矢島の背後に向けられている。

矢島は振り返り、そして、たしかに見た。

――白い服を着た少女が、清廉(せいれん)な笑みを浮かべて空へのぼっていくところを。

第二話　予定されない業火（ごうか）

1

二〇〇一年十月五日、金曜日。繁華街の夜は喧騒に包まれている。

早瀬恒明は一人、居酒屋のカウンターで酒を飲んでいた。もう自分の顔が赤くなっているのがわかるほどの酔いようだ。二十一年間の人生で初めて、酒の力を借りて忘れたいことがあった。

隣では二人のサラリーマンが一時間ばかり、真剣にこの世の行く末を案じている。話の端々に上る、ウサマ・ビンラディンという男の名。ついひと月前まで誰も知らなかったその男の名を、恒明ももちろん知っていた。

あの日、関東地方は朝から台風に襲われていた。夕方にはその勢いも収まっていたが、昼のうちに夜の予定をすべてキャンセルしており、恒明は一人暮らしをしている部屋にいた。ぼんやりとテレビを見ていたら、急にニュース映像に切り替わった。

飛行機に激突されたニューヨークの双子の巨大ビルが、黒煙と塵埃の中で、砂場の城のように崩れていた。爆発音や崩壊の音が何も聞こえないのがかえって不気味で、体の芯が寒くなった。

ニュースでもネットでも情報は錯綜しており、かたっぱしから友人や知り合いにメールを送った。幾人かの友人からは返信があったが、亜沙香からはなかった。気にも留めず、興奮醒めやらぬまま深夜三時まで起きていた。

なんて自分は馬鹿だったのだろう、と顔が熱くなる。

二〇〇一年九月十一日。人類が今後永遠に忘れることがないであろうその日、亜沙香は恒明とは別の男と一夜を過ごしていたのだ。恒明の高校時代からの親友、広津清吾だった。

その事実を早瀬が知ったのは、三週間以上が経過した、昨日のことだった。

「ちょっといいか？」

同じ学科の橋本が話しかけてきたのだ。橋本は、デパートの屋上のクレープ屋台でアルバイトをしている。今週の日曜もバイトをしていたら、目の前を、亜沙香と清吾が通り過ぎたというのだった。

橋本は恒明と亜沙香の関係も知っているし、もちろん清吾のことも知っている。当然恒明もそばにいるだろうと探したが見つからず、さらに亜沙香と清吾がだいぶ親しげなのが気になって声をかけるのをためらった。

「お前に確認するのもおかしいと思ったんだが、やっぱり知らなかったか」

気まずそうに、橋本は頭を掻いた。

亜沙香とはもう一年半の付き合いだ。お互いのことは何でも知っているし、気持ちはつながっている。橋本の見間違いだろうと、夕方、亜沙香を呼び出した。

意外なほどあっさり、亜沙香は浮気を認めた。のみならず、

「ツネが悪いのよ」

と罵った。

会っても、携帯電話で誰かとメールをするばかり。バイト先の文句も、進路についての悩みも、人間関係のいざこざも、何も聞いてくれない。もう気持ちが離れているのではないか、と、清吾に相談したのが八月の終わりだった。それから何度か飲みに行き、台風が近づいていた九月十一日、清吾の部屋に行ったのだという。

「いつ言い出そうか迷ってたところ。手間が省けてよかった」

後ろめたい様子もまるでなく亜沙香は言い放ち、恒明の前から去っていった。

恨みや怒りの気持ちよりもただ、むなしさだけがあった。清吾を責める気にもなれなかった。日が変わり、時間が経つにつれ、自分を裏切った二人への怒りと悔しさが湧き上がり、自然と体は酒を求めた。

清吾。親友だと思っていたのに。

大学に入ってから、あいつは女遊びに目覚めたと言っていた。バイト先の学習塾の生徒に手を出したと、自慢げに語っていた。それでも親友だからと笑い合っていたはずが、よりによって亜沙香に手を出すなんて。

酔ってから、ネガティブな感情は水を吸った綿のように増幅していった。浮気に気づけなかった自分を呪いもしたが、もっとも心の中を占めたのは、恥辱だった。

関係を絶ったとしても、亜沙香や清吾とは大学で顔を合わせなければならない。想像の中で恒明は、寄り添う二人に顔を合わせないように壁の陰に隠れていた。悪いのは二人のほうなのに、なぜ自分がこそこそしなければならないのか。

今まで抱いたことのない感情が、清吾に対して芽生える。しかし、と恒明は思い返した。弱いのだ。すべては自分が弱いのが原因だ。やめたい。大学をやめたい。

気が付くと、拳をカウンターに叩きつけていた。隣の客が驚いたようにこちらを見ている。気まずくなり、勘定を頼んだ。

居酒屋を出ると、勤め人や学生たちの酔いと陽気が満ちていて、それが余計に恒明の心をえぐった。

……帰ろう。

背中を丸めて歩き出す。

今、何時だろう。ジャケットのポケットに手を突っ込み、ストラップを引っ張って携帯電話を取り出した。ふわふわした、レッサーパンダのしっぽを模したストラップ――「一点モノだ」と、亜沙香にプレゼントされたものだった。時刻を確認するのも忘れ、手の中のそれを、じっと見つめる。

「危ない！」

突然、誰かの声が耳に届いた。俺に向けられた声だ。とっさに感じた。

瞬間――、周囲から、ざわめきが消えた。

周囲の人間が、恒明の頭上を見据えたまま、静止していた。恒明は、頭上に顔を向けた。

数十センチのところに、看板があった。

《やきとり　玄ちゃん》。この通りで、何度も見たことのある看板だ。居酒屋が何軒か入った四階建てのビルの、三階あたりの壁に取り付けられているものだった。

ネジが外れたのか、金属製の支えが腐食したのか、その看板が今、恒明の頭上めがけて落ちてきたところ――らしかった。

恒明の頭を直撃する数センチ前で止まっている。まるで映画のストップモーションだ。

周囲の人間も、ネオンの点滅も凍ったように動きを止め、風すらも吹いていない。

「ダメですよ。ちゃんと周りに気を付けて歩かないと」

どきりとした。人ごみの間を縫って、彼女は現れた。

白いワンピース姿で、足には靴を履いていない。肩ほどまでの金髪と、青い目。年齢は、十七か十八くらいだろう。その体を、この世のものとは思えない金色の光の粉末がきらきらと覆っている。

「〝天使〟……？」

「私のことをそう呼ぶ者は少なくありません」

彼女は恒明の前で立ち止まると、清らかな微笑みを見せた。

「あなた、憎しみを抱いている相手がいますね？」

心臓を、鉄のアームでつかまれたようだった。

「いや、そんな」

「広津清吾。あなたが親友だと思っていた相手です。あなたの恋人は彼と浮気をした」

恒明より明らかに年下であろう彼女は、妙に大人びた口調で断定した。

「あなたは彼を憎んでいる。その気持ちを晴らそうとお酒を飲んだが、憎しみは減るどころか増幅するばかり。このままでは、今後もずっと、その気持ちに悩まされ続けることでしょう」

「一体、君は……」

「殺してしまいなさい」

「なんだって？」

「広津清吾を殺してしまいなさい。それしか、あなたの気持ちが晴れる道はないはずです」

清吾を殺す？　そんなこと——と、否定しようとするが、まるで強風にでも吹かれたように、恒明の気持ちはその【アイディア】になびいていく。清吾を、殺す。そうすれば亜沙香は自分のもとに戻ってくるだろうか。

「でも、そんなこと、俺にできるかどうか。捕まるのもいやだし」

「やり方など、いくらでもあります。私の【アイディア】を授けましょう」

〝天使〟は、恒明の耳に口を近づけると、その【アイディア】をささやいた。

「これなら、誰にもあなたが殺したと思わせることなく、広津清吾を亡き者にできます」

「馬鹿なことを」

恒明はつぶやいた。〝天使〟は微笑みを崩さないまま、恒明の、携帯電話を持ったままの右手を握った。じんわりとした熱が右手から体中に広がっていった。

「やるのです」

〝天使〟は手を離したかと思うと、呆然としている恒明の胸を両手で突いた。

「わっ」

信じられないほど強い衝撃に恒明の体は後方へ飛ばされる。

「広津清吾を、殺しなさい」

恒明は冷たいアスファルトに尻もちをついていた。

同時に、《やきとり 玄ちゃん》の看板が暴力的な音とともに目の前に落下した。

「大丈夫かっ!」

四十くらいのサラリーマンが駆け寄ってきて、恒明の体を支える。看板の落下より、今見た〝天使〟のほうに、恒明の気持ちは奪われていた。

「君、けがは?」

サラリーマンには答えず、集まってくる周囲の人々を見回すが、〝天使〟の姿はなかった。

ぐぐ、ぐぐぐ……。聞き覚えのあるリズムが、すぐ近くでしていた。恒明が取り落とした携帯電話が、濡れたアスファルトの上で震えているのだった。

2

十月二十三日、火曜日。午後六時四十分。東京都葛飾区、柴又。

事故現場は、ひどい有様だった。

消防車八台の懸命な消火活動により、火災は二時間ほどで収まったというが、周囲には焦げ付いたにおいが漂っている。焼け焦げた建物の木材の臭いだけではないだろうと、ハンカチで口元を押さえながら、高森春也は思った。肉の焼ける臭いだ。

野次馬たちを背に、消防自動車の間を通り、もっとも被害がひどかったあたりへ足を運ぶ。ライトの光の中で鑑識たちがせわしなく動き回る中、存在感を放っているのは、ひしゃげた大きな鉄くず——墜落したヘリコプターだ。

パイロットと同乗者を含め、死者は七名。負傷者は五名。負傷者のほうはみな病院へ運ばれ、うち二人は意識の回復が見込めない状態である。建物については、住宅三棟が全焼、二棟が半焼。ヘリコプターが接触した鉄塔のほうに被害はなく、停電は起きていない。発生後二時間でだいたいの被害状況はわかってきた。

……ただ一つの、不可解な点を除いて。

「高森」

不意に声をかけられ、振り返る。井川警部補が忌々しそうな顔をしながらこちらへ歩いてくるところだった。

「井川さん。今日から現場復帰だそうですね。待ってましたよ」

「ああ。迷惑かけたな」

二か月見ないうちにずいぶん太ったな、というのが高森がまず受けた印象だった。背広の前ボタンを閉めることができないほど、腹が突き出ている。頬も首回りも肉がだぶついていて、ワイシャツの首回りのサイズが合っていない。

「ひでえ現場だな」

高森はメモ帳を取り出し、井川に現況の説明を始めた。

「事故が起きたのは本日四時三十分ごろです。京成本線方面の上空からふらふらとヘリコプターが飛行してきたのを、複数名の地域住民が目撃しています。ヘリコプターは高度を下げながら江戸川の河川敷方面へ向かっていましたが、やがて尾翼部分をあの鉄塔にぶつけました」

高森は振り返って上空を指さした。井川もそちらに目をやる。高さ百メートルはあろうかという送電用の鉄塔がそびえている。葛飾区のこのあたりには送電線が通っており、密集した住宅街の中にこの類の鉄塔が立っている箇所が多いのだ。

「バランスを崩したヘリコプターは住宅へ落下し、火柱を上げました。すぐに消防車が出動し、消火活動が開始され、午後六時二分、鎮火が確認されています」

「テロじゃねえだろうな」

冗談ともまじめともつかない口調で、井川は言った。もちろん、先月のニューヨークの一件を踏まえて言っているのだろう。アルカイダという組織の名は、今や恐怖の響きとともに世界中に広がっている。アメリカと同盟国であり、セキュリティ意識の低い日本こそ次に狙われる対象だという根も葉もない噂は、高森の耳にも入っていた。

現にさっきも野次馬の中に、「テロじゃないの？　ねえ、テロじゃないの？」と半狂乱で制服警官に訊ねている中年女性がいた。現職の刑事が疑うくらいだ。一般市民の不安も掻き立てられようものだった。

「違います。浦安市の《フェアリー・スカイツアー》という観光会社のもので、乗っていた二人も日本人です。この二人については千葉県警の浦安署が調べていますが、狂信的なイスラム教徒の可能性は低いでしょう」

ぶるんと頬の肉を震わせ、「そうか」と井川は言った。冗談のつもりだったが、面白くなさそうだった。高森は続けた。

「《フェアリー・スカイツアー》は、浦安、市川から東京の東部上空を一周するという観光サービスを提供しています。当該のヘリコプターが飛び立ったのは、本日午後四時十分。商業飛行ではなく、ライセンスを取得して間もない新人パイロットの研修のためでした。操縦していた新人は、今種衆太、二十七歳。勤続八年のベテラン、宗田康則が同乗していました。墜落の原因はエンジントラブルによる出力低下ではないかということですが、まだはっきりしたことは」

「聞きかじった話だがな」

と、井川は何かを背広のポケットから取り出すと、口に放り込んでかじった。

「ヘリコプターっていうのは、上空でエンジンがストップしても、バランスを崩すことなく、不時着できるんじゃなかったか？」

「よくご存じですね」

高森は井川の知識に驚いた。再び、メモ帳に目を落とす。

「オートローテーションシステムといって、落下しながらでも操縦桿をうまく操れば、回転翼に揚力が生じ、機体のバランスを保ち、不時着に持ち込むことができるということです。この技術を習得しなければ、操縦免許は取得できません」

「操縦していた新人も、持っていたんだろ、免許を」

「もちろんです。しかし、教場での訓練と、街の上空とでは緊張感も違うでしょう。パニックに陥って（おちい）しまったということもありえます」

「同乗していたベテランはどうした？」

「不時着には広いスペースが必要です。このあたりは住宅密集地でして、あっちに小学校がありますが、事故当時は地元のサッカークラブが使っていたようです。宗田はおそらく今種に江戸川の河川敷を目指すよう指示したのでしょうが、間に合わなかったのではないでしょうか」

井川は顔をしかめ、再び何かを口に放り込んだ。ぽりぽりという音が高森の耳にまで聞こえてくる。

「さっきからなんですか、それ」

「ピーナッツだよ」

井川が広げた手の中にはたしかに、むき出しのピーナッツがあった。

「休んでいるあいだ、酒を止められてな。代わりに食ってたら、手放せなくなっちまった」

ピーナッツ依存（いぞん）など聞いたことがない。まだ、あの事件をひきずっているのだろうか……と、高森が心配になったそのとき、

「おい、所轄！」

鋭い声が飛んできた。振り向くと、かっちりとした高級スーツに身を包んだ本庁の刑事が立っていた。

「そんなところで無駄話してんな。例の遺体の身元はわかったのかよ？」

「いえ、まだです」

「さっさと聴き込みかけろって言ってんだろ！」

一方的に怒鳴りつけ、彼は去っていく。その後ろ姿を、井川はブルドッグのような目つきで睨みつけた。

「なんだ、あいつは？」

「井川さんと同じく、本庁もテロには敏感で、こちらが判断する前に何人か送ってきたんですよ。国交省の運輸安全委員会も、そろそろ到着するかと」

「『例の遺体』というのは？」

「気になる遺体がひとつあるんです。こちらへ」

高森は消防自動車と火事場のあいだの狭い動線を通っていく。井川も巨体を揺らしながらついてきた。

半焼した家屋の庭にブルーシートが張ってある。住人の許可を得て、七名の遺体はすべてここに運ばれ、横たえられていた。ブルーシートの奥へ行くと、白衣を着た監察医が、遺体のそばにひざまずき、その顔のあたりを調べているところだった。

「ご苦労様です」

監察医は顔を上げ、「ああ、どうも」と返事をして再び遺体に目を落とした。高森は遺体に手を合わせてから、井川を先導し、右端の遺体の傍らに立った。

「この火傷のひどい二体は、機体の中で見つかったものです。身に着けているものから見ても、パイロットの二名であることは間違いありません」

井川はうなずいた。

「続いて三体目のこちらは西田佐千恵さん、四体目のこちらは西田節子さん。ともにヘリコプターが落ちた家の住人です」

二人ともパイロットに比べ、火傷はひどくなく、顔もはっきり判別できる状態だった。五体目、六体目の遺体も、同じように身元がはっきりしていた。

「問題なのは、こちらです」

もっとも左に横たえられている遺体を、高森は見下ろす。黒焦げになっているが、その体つきから男性と見ていいだろう。

「西田邸の隣――こちらも全焼家屋ですが、その中で発見された遺体です。ごらんのとおり、顔は判別できません」

「若い男性ですね」

監察医が顔を上げていた。

「十代後半から、二十代前半でしょう。歯に治療痕がありますから、歯医者を探し当てれば身元ははっきりしますが、まあ、難しいですね」

「身に着けていたものもほとんど燃えてしまっています。財布も持たず、荷物も見つからず、遺留品らしきものは、首にかけられていたこれだけです」

高森は、上着のポケットからビニール袋を出した。中には、デザインされた勾玉のような形のロケットがついたペンダントが入っている。

「ブランドものか？」

「いえ。路上で外国人が売っているような安物です。これから身元を判別するのは至難の業です」

ふう、と息を吐くと、井川は高森を見つめる。

「身元身元っていうけどな、高森。見つかったのは民家なんだろう？　その家の住人じゃないのか」

「それがですね、この遺体が見つかったのは、空き家だったんです」

「空き家だと？」

井川は目をビー玉のように真ん丸にして驚いた。

「はい。三年前まで穂村一兵衛という老人が一人暮らしをしていましたが、彼が亡くなってから、息子が家財道具を一切処分して空き家になっています。名義はその息子になっていますが、今現在は岡山県に住んでいて、ここ最近は東京には来ていません」

「そんな空き家に、なぜこの男はいたんだ？」

「それがわからないので、悩んでいるんですよ」

高森の不可解さが伝わったのだろう、井川はポケットを探り、ピーナッツをごっそり出した。ぼりぼりという音が、どこか忌々しげに聞こえる。

「鍵はどうしたんだ。空き家だからって、誰でも自由に出入りできたわけじゃないだろうに」

「玄関の郵便受けの内側にガムテープで貼り付けてあったそうです。隣の西田家が善意で、週に一度は空気の入れ替えをしていたとのことです」

「西田？」

「はい」

高森と井川は同時に、ブルーシートの上に目をやる。鍵の管理者たる西田家の二人は遺体になっている。事故当時在宅していなかった西田家の他の面々も、この遺体の身元には心当たりがないと証言していた。

「鍵のありかを知っていた人間だろう、という手掛かりはありますが、それだけではなんとも」

「ふぅーむ」井川は腕組みをしていたが、あきらめたように首をひねった。

「地域で行方不明になっている十代後半から二十代前半の男性の心当たりを、片っ端から当たってみるしかないな」

かつて切れ者と言われた井川でも、やはりこの状況では平凡な捜査方法しか思い浮かばないか。高森は軽い失望を抱えつつ、「はい、やりましょう」とうなずいた。

3

遺体の身元が判明したのは、それから三日後、二十六日の金曜日のことだった。

「たしかに、清吾のです」

豊島区池袋にある私立大学、専教大学キャンパス内の食堂に現れた樋浦亜沙香は、高森の見せた勾玉のペンダントを目にするなり、顔を青くさせた。

「一緒に渋谷に行ったときに、私が買って、プレゼントしたもので……」

そこまで言うと、両手で顔を覆い、わっと泣き出した。隣席に付き添っている松島という女子大生が、慌ててカバンからハンドタオルを出し、樋浦に渡した。

広津清吾は、昨日付で、静岡県に住む両親から連絡がつかない旨が警察に届けられていた。井川と高森は二十代の男性はすべて当たる方針を取っていたのでさっそく大学を訪れて知り合いを探したところ、彼女に行き当たったというわけだった。

昼食のピークを過ぎているとはいえ、周囲のテーブルには数人、学生たちがいる。ようやく身元が判明した安堵とともに、背広姿の社会人二人に女子学生がいじめられているように見えるのではないかという危惧を、高森は感じた。

「広津さんとは、どういう関係だったんだい？」

高森の隣で、井川が樋浦に問うた。答えたのは樋浦ではなく、松島だった。

「清吾くんは彼氏ですよ、亜沙香の」

「ほう」

そんなのわかりきっているだろうに、井川は大仰な反応をする。

「最後に連絡を取ったのはいつかね？」

井川の質問を宙に浮かせたまま、樋浦はしばらく泣いていたが、「大丈夫」と自分に言い聞かせて、井川の顔を見た。

「月曜日の夜……というか、日付は変わって火曜日になっていたかと思います」

「というと、事故の当日だね」

「はい」とまた涙声になりながらも、樋浦は気を持ち直した。

「清吾も私も、夜の時間はアルバイトをしていて、夜は週に一度くらいしか会えないんです。あの日は、私のバイトが終わって、部屋に帰ったのが十二時くらいでした。清吾はすぐに電話に出てくれて、三十分くらい話をしました」

「何を話したんだい？」

「授業のこととか、バイトのこと。あとは音楽のこととか。他愛もない話です」

井川はうなりつつ、背広のポケットに手を伸ばす。ピーナッツを欲しているのが高森にはわかったが、さすがに食べる雰囲気ではないと悟ったのか、その手は再びテーブルの上へ戻された。

「柴又のヘリコプター事故のことは知っていますね？」

今度は高森が訊ねた。

「はい。ニュースで」

「広津さんは事故で全焼した空き家の中で見つかっているのです」

「空き家、ですか?」

「あっ」

不思議そうな樋浦の隣で、松島が声を上げた。

「そういえばニュースで見ました。身元不明の遺体は空き家で見つかったって。たしかその空き家、郵便受けに鍵が貼り付けてあって、誰でも出入りできるんじゃなかったですか?」

マスコミに公開した情報ではないが、深夜のニュースで近所の住民がインタビューでそう答えている映像を、高森も見ていた。テロじゃないのかと騒いでいたあの中年女性だった。

「そのとおりです。言い方は悪いんですが、広津さんは勝手に侵入していたようです。彼がなぜそんなことをしたのか、心当たりはありませんか?」

樋浦は信じられないというように目を見張り、首を振った。

「まったく。ただ、清吾の住んでいる部屋は本八幡にあります」

葛飾区とは江戸川を隔てた、千葉県市川市の地名だ。遠くはないが、すごく近いわけでもない。

「池袋までは遠いですけど、どうしても広い部屋に住みたいと言って、家賃の安いところを探したみたいです。アルバイト先の塾も、市川の、個人経営の塾だったと思います」

「柴又も行動範囲内だったのでしょうか」

「一緒に歩いたことはありませんけど……はい。そうかもしれません」

「現場からは、広津さんの荷物はいっさい見つかっていないんだ」

井川が再び口をはさむ。

「これについて、何か心当たりは？」

「さあ……よくわかりません」

「財布とか携帯電話とか、そういったものを持たずに歩き回るようなことは？」

「どういうことなのか、本当に……」

樋浦は悲しそうに口をつぐんだ。その目に再び、涙がにじむ。

「すみません、もう、このへんにしてあげてもらえないでしょうか」

付き添いの松島が訴えた。

「大丈夫です、先輩、私は」

目頭を押さえて樋浦は松島のほうを見るが、たしかにこれ以上話を聞くのは、さすがにためらわれた。

「わかりました」

と高森がうなずく横で、井川が、

「最後に、広津くんの携帯電話番号だけ、教えてもらえないか」

と言った。

「携帯電話会社に問い合わせれば、通信の記録はわかるから、何かの参考になるかもしれない」

「それなら、私が」

泣き続ける樋浦に代わり、松島がバッグから折りたたみ式携帯電話を出し、操作して画面を見せた。井川に促(うなが)され、高森はメモを取る。

「それじゃ、長々と悪かったね。お辛いことと思いますが、どうかお気持ちをしっかりお持ちくださいね」

「何か思い出しましたら、こちらに連絡を」

高森は、携帯電話の番号が記載された名刺を、二人の前に置いた。

「では……」

「あっ」

立ち去ろうとしたときに、樋浦が顔を上げた。

「何か？」

「ケータイで思い出したことがあります」

高森は井川と顔を見合わせ、再び椅子に腰を下ろした。

「最後に話した電話で、私、『今日、一緒にお昼ご飯食べない？』って誘ったんです。そしたら清吾は『昼は先約がある』って」

「先約」

「その……清吾は女の子の友達も多くて、よくご飯も二人で行ったりするみたいです。私、そういうの嫌だから、『女の子？』って訊いたら、『いや安心しろ、男だよ』って。でも、それが誰だか教えてくれなかったんです」

「ということは、女性の可能性もあると？」

井川はテーブルに両手をつき、巨体をぐっと樋浦のほうへ乗り出した。樋浦は首を小さく横に振った。

「清吾って、自分はモテるんだってアピールをしたいのか、女の子とご飯に行くときは必ず、ナントカ学部のだれだれ、って正直に言うんですよ。そのうえで浮気じゃないからって念を押すんです。だから、男っていうのは嘘じゃないと思うんです。でも、それが誰か教えてくれなかったのは、今になってみればおかしいかなって」

「それってさ」

松島が何かに気づいたようだった。

「早瀬くんじゃない？」

「まさか」

樋浦はすぐに否定した。

「早瀬くんというのは？」

「亜沙香の元カレです。広津くんとは高校時代からの親友だったんですけど、亜沙香が早瀬くんと別れて広津くんと付き合いだしたころから、関係がぎくしゃくしていて。もし、早瀬くんとご飯に行くんだったら、亜沙香にはその名前をごまかすかなって思うんですけど」

松島はわが意を得たりというようにまくしたてた。女子学生にとって、他人の恋愛事情というのは、いつ訊かれてもよどみなく話すことのできる話題なのだろう。黙ってうつむいたままの樋浦を気にしながらも、高森は一言も聞き漏らすまいと、メモにボールペンを走らせた。

「貴重な情報をどうもありがとうございます」

井川は馬鹿丁寧に言って、食堂の出口へと向かう。高森は二人に頭を下げ、井川の後を追った。

4

「早瀬恒明さんですか」

恒明がスーツ姿の二人組に話しかけられたのは、社会学の講義に出るため、大教室に向かう途中の廊下でのことだった。

「そうですけど」

答えながら、いやな汗が背中に浮かぶのを感じていた。

「私、亀有署の高森といいます。こちらは、井川」

若いほうが言った。やっぱり警察だった。一応、警戒するふりをして訊き返そう。

「警察の人？」

「葛飾区の柴又で起こった、ヘリコプター墜落事故は知ってるかな？」

おっさんのほうが訊いてきた。加齢臭がすごい。背広から突き出た腹と、ふてぶてしいほどの肉のついた頬。こういうおっさんにはなりたくないものだ。

「ええと、たしか、ニュースで見たような」

「あの事故で見つかった遺体の中に、一つ、身元不明のものがあったんだが、それが、どうやら、君と同じ学部の広津清吾さんらしい」

「えっ……」

やっぱり判明したのか。こういうとき、どんな表情をすればいいのか。

「嘘でしょう?」

かすれるような声を作ると、刑事二人は友人を亡くしたショックととってくれたようだった。

「残念ながら、本当らしい。三日ほど前から連絡が取れないと両親のほうから警察に連絡があってね。とにかく都内で行方不明になっている二十歳前後の男性はしらみつぶしに当たっているからね、最近行方不明になった人間のほうが可能性が高いと、すぐに調べてみたんだ」

そういうことだったのか。なかなかパーフェクトにごまかすのは難しいらしい。だが、どうせ俺がやったなんてわかるはずがない。

それより、清吾の両親に関することは、調べがつく前にこちらから言っておかなければ。

「そういえば、一昨日、僕のところにも清吾のお母さんから連絡がありました。清吾がどこにいるか知らないかって」

「そのときは、なんと？」

高森が訊ねた。

「『最近は清吾と連絡を取り合っていないし、授業もあまりかぶっていないから知らない』って答えました。実は二学期の初めに、あいつと気まずいことがあって、それ以来避けてるんですよね」

「樋浦亜沙香さんのことですね」

「なんだ、知ってたんですか」

「実はさっき、樋浦さんに会ってきたんです。それで、身元不明の遺体が身に着けていたこれを見せたところ、泣き出してしまって」

高森が見せたのは、焼け焦げた、センスの悪いペンダントだった。

「樋浦さんが広津くんに贈ったものだそうです」

「……でも、それ、大量生産じゃないんですか？」

「今、別の者が歯の治療の痕をかかりつけの歯科医に照合してもらっている。まあ、年齢や体格も一致しているし、ほぼ間違いないだろう」

「そうですか……」

と、ここでもう一度、ショックを受けた顔を見せておく。しばらく、嫌な沈黙が流れ

た。デブのおっさんのほうが、疑わしげな眼を恒明に向けていたが、

「早瀬くん」

と口を開いた。

「君、最近は本当に、広津くんに会っていなかったのかね？」

さっきの何倍もの冷や汗が背中に浮かぶ。ただのデブじゃない。このおっさんは知っている。うどん屋のことだけは正直に言ったほうがいい。恒明の脳内で、瞬時にそういう判断が下された。

「はい。実は、月曜日に、あいつから昼飯に誘われまして」

「えっ？」

高森が上半身を乗り出した。両手にはメモ帳とボールペンが用意されている。ぼろを出さないようにしなければ。

「夜の十二時になる少し前だったかな。電話がかかってきて『うまいうどん屋があるから、明日、行こうぜ』って。僕、うどんが好きで、あいつもそれを知っているんで」

「行ったんですか？」

ボールペンを走らせながら高森が訊いた。

「はい。京成高砂（たかさご）という駅で、遠くて面倒くさかったんですけど行きました。住宅街の中

に、ぽつんとある、《さぬき丸》っていううどん屋です」

「疎遠だったし、あなたの恋人を取った相手からの誘いだったんですよね」

「亜沙香のことはあっても、高校のころからの親友ですし。それにあいつ、『謝りたいから』というようなことを言ってたんで」

「それは、樋浦さんのことを？」

「はい、きちんと謝ってくれましたよ。僕のほうはもう、どうでもよかったんですけど」

「おかしいな」

井川が口を開いた。けっして強面ではなく、売れ残りのまんじゅうに目鼻をつけたような鈍重そうな顔だが、変な威圧感がある。

「だって君、一昨日、広津くんの両親から電話を受けたんだろう？　前日に昼飯を共にしているのに『最近は会ってないから知らない』なんて」

「ああ……」

恒明は額に手をやる。ここが大一番の芝居だ。

「すみません。謝られたまではよかったんですが、実はうどんを食べている間に、やっぱり喧嘩してしまったんですよ。あいつがあまりに、僕のことを馬鹿にしたものだから」

「馬鹿にした？」

「今となっては、具体的に何を言われたか思い出せないんですけど、たしかレポートの評価のことだったと思います。とにかく僕、うどんを食べたらすぐに別れたんです。そのあともずっとむしゃくしゃしていて。それで、清吾のお母さんにもつい、『知らない』って」

目をつむって、うつむいた。

「……いや、やっぱり亜沙香のこともあって怒ってしまったのかもしれません。ああ、今になって後悔してきました。まさかあれが、最後だったなんて……」

「ふうむ」

納得してくれたかどうかはわからないが、とりあえず追加の質問はないようだった。きっとこいつら、《さぬき丸》に裏を取りに行くだろう。だいぶ派手な喧嘩をしたから、店のおやじも覚えているはずだ。

落ち込む演技はここらでいいだろう、と顔をあげた。

「他に、何か？」

そう訊ねると、高森は井川の顔をうかがっていたが、

「いえ、ありがとうございます」

と、メモ帳を閉じ、名刺を渡してきた。

「何か思い出したことがあったら、この電話番号に連絡してください」

「わかりました」

誰が連絡するか、バカ。恒明はさっさとこの二人から遠ざかりたい気持ちでいっぱいだった。

「それじゃあ僕、授業があるんで」

と、立ち去ろうとした恒明の手が、ぐいっと握られる。ぎょっとして振り返ると、井川のまんじゅう顔があった。

「すまないが、もう一つ。うどん屋に行ったとき、広津くんは、荷物は持っていたかね」

「荷物……？」

カバンと携帯電話のことだろう。大丈夫、すでに、人目につかないところに処分した。

「持っていたはずですよ。あいつも、午前中は授業に出ていたはずですから」

井川は数秒、恒明の顔を見ていたが、「ありがとう」と手を離した。

5

《青びょうたん》は、船橋市内のさびれた飲み屋街にある赤ちょうちんだった。高森が縄のれんをくぐり、ガタついた引き戸を開けると、カウンター席に客は一人しかいなかった。

「いらっしゃい」

店主の声に、そのカウンター席の客はこちらを見る。五十前後といったところだろう。こめかみのあたりに白髪（しらが）があった。

「おう、矢島（やじま）」

高森の背後から、井川警部補が挨拶（あいさつ）をした。カウンターの客は怪訝（けげん）そうに目を細めたあとで、「お前、井川か？」といぶかしげに訊ねた。

「そうだよ、懐（なつ）かしいな。最後に合同捜査してからもう十年になるか」

「十一年だ」

そうかそうだなと、井川はその客の右隣の椅子を引いて巨体を乗せる。復帰してから初めて、井川の笑顔を見た気がした。高森は「失礼します」と、さらにその隣の椅子に腰を下ろした。

「矢島。こいつは、今の俺の部下、高森だ」

「高森です。よろしくおねがいします」

「船橋東署の矢島正成（まさなり）だ」

矢島は店主に猪口（ちょこ）を二つ頼み、二合徳利（どっくり）を差し出してきた。

「ああ、俺はいいんだ。カウンセラーに止められていてな」

井川は断った。

「休養していたんだってな」

「ああ、面目ない」

井川の休養の原因は、半年ほど前に管内で起きた一件の自殺だった。中学二年生の男子が、自宅のあった公団住宅の屋上に靴をそろえて飛び降りたのだった。遺書らしきものは見つからずに突発的な自殺だと学校は発表したが、調べていくうちに彼はかなり陰湿ないじめに遭っていたことがわかった。

学校側はいじめと自殺を直接関連付ける証拠はないと強固に言い張り、警察もこれを認めざるを得なかったが、ある一つの通報が、この歯がゆい状況に穴をあけた。

それは、担任教師の妻からの電話だった。男子が自殺したちょうどその日、郵便受けに中学生らしい字で担任教師に宛てられた手紙が入っていたというのである。妻からそれを受け取った担任教師は中を見るなり握りつぶし、屑籠に捨てた。妻は気になっていて、ごみの日にこっそりその手紙だけを抜き取って読んだのだった。

妻が警察に持ち込んだその手紙を、高森も読んだ。男子生徒をいじめている生徒の名と、目も当てられないほどのいじめの現状が事細かに書かれていた。井川は怒り狂い、さらに本腰を入れて捜査を続けたところ、自殺の三か月前から、担任教師と、学校宛てに当該生徒からの悲痛な訴えが届いていたことがわかった。

井川の尽力(じんりょく)により、学校側は責任を認めたが、井川はこれが原因で精神を病んでしまった。というのも、井川の別れた妻と暮らしている一人息子が、ちょうど自殺をした男子と同じ年齢だったからだ。

井川は多くを語らず、同僚も部下も、もちろん高森も詳しく質(ただ)さないが、体形の変化を見るに、相当のストレスと闘った三か月だったと見える。

「酒もダメ、たばこもダメっていうんで、こいつに手を出したらはまっちまってな」

ポケットからピーナッツの袋を出し、井川は笑った。

「ピーナッツ太りか、珍しいこともあるもんだ」

「すまん。酒のほうは、高森がつきあうよ」

「いただきます」

高森は、店主がよこした猪口で、矢島の酒を受ける。

「ところで矢島。お前、子どもが二人、いたな」

矢島の徳利が高森の猪口から離れたところで、井川がさりげなく訊ねる。

「上の子はもう大きくなったんだろうな」

「長女か。来年、中学だよ」

「なんて言ったかな、名前」

「律花。規律の律に、花だ」

やっぱりだ。黙って酒に口をつけながら、高森は思った。

「受験は考えてるのか」

「一応、塾には通わせているが、俺と同じでそんなに出来はよくない」

「きれいになったんだろうな、美恵子さんの娘だもんな」

「そりゃどういう意味だ」と矢島は笑った後で、「まあ、親の俺が言うのもなんだが、もう女の片鱗が見えているっていうのかな。大人には見えなくても、高校生に間違えられてもおかしくない」

何から何まで、あてはまる。高森は口の中の酒を、ゴクリと音を立てて飲み込んでしまった。

「それで、今日はどうしたんだ?」

矢島は気にする様子もなく、井川に訊ねた。

「ああ。実は、例のヘリの事故を調べているんだ」

「そうだろうと思った。ありゃ、おたくの管内だ」

「死者七名のうち、ずっと不明だった一名の身元が、今日、判明した」

「知っている。大学生だったんだろ」

「そうだ。広津清吾という」

　歯科医の証言によって正式に身元が判明したのは、今日の午後一時すぎのことだった。広津の名は四時すぎにマスコミに発表され、夕方のニュースで全国に知れ渡っている。

　早瀬恒明への聴取のあと、二人は大学内で、広津の知り合い数人を当たってみた。新たな情報を提供してくれたのは橋本という友人の一人だった。広津は市川市内の学習塾でアルバイトをしているが、そこの生徒の一人と連絡を取り合っていることを自慢していたというのだ。

　樋浦亜沙香の証言にもあったとおり、広津は女性にモテることを周囲にアピールするくせがあったようだが、問題は相手の年齢だった。なんと、十二歳、小学六年生だという。

　さすがに小学生はまずいだろう、と橋本は忠告したが、広津は聞き入れるふうもなく、「それが小学生には見えないほど大人びた美人なんだよ。今度、プライベートで会う約束をした」と、臆面もなく言い放ったというのだ。

　ひょっとしたら広津は、その女子小学生との逢引の場として、その空き家を使っていたんじゃないでしょうか――、橋本はそう言った。

まさか、と高森は簡単には笑い飛ばせなかった。古い空き家に若者が無断で侵入していたという事件は、管内では何例かある。そのうち、高森が携わった一件では、若者が仲間をリンチするための場として空き家が使われており、住居不法侵入、監禁、傷害などの罪で三人が有罪になった。

もし、広津が何らかの事情で、郵便ポストの鍵のことを知っていたとしたら――。この可能性がさらに信憑性を帯びてきたのは、夕方になってからだった。

大学を出た後、高森は井川とともに、広津と早瀬が事件の日の昼間にうどんを食べたという《さぬき丸》へ行った。店主の男性は広津と早瀬のことを覚えており、たしかに喧嘩をしていたようだと証言した。日付は事故のあった二十三日。時間は正確に覚えていないが、そんなに混んでいなかったので午後一時は回っていたはずだ、とのことだった。

次いで二人は、本八幡の広津の下宿先へ足を運んだ。間取りは2K。内部は片付いており、普通の一人暮らしの男性の部屋といった様子で、特に変わったものはなかったが、携帯電話と財布は見つからなかった。また、橋本をはじめとした学友たちは広津が普段から黒い肩掛けのカバンを愛用していたと証言していたが、それらしきカバンもなかった。

二十三日の午後、広津は《さぬき丸》を出た後、下宿先に戻らずに空き家へ向かったものと思われる。京成高砂駅近くの《さぬき丸》から柴又の空き家までは、歩いていける距離だ。

カバンがどうなったのかはわからないが、何者かが持ち去ったと考えるのが妥当だろう。

いったい、何のために。カバン自体は価値のあるものではないので、窃盗の可能性は低いが……。中身によほどの価値が？

一度情報を整理しようと、二人は署に戻った。すると、携帯電話会社から、事件の十日前から当日までの、広津の携帯電話の通話記録と、メールのやり取りの記録が届いていた。通話記録をじっくり見ているうち、高森は早瀬恒明の嘘に気づいた。

事件前夜、午後十一時四十五分。早瀬と広津は二分十七秒、通話をしている。記録には「着信」とある。つまり、広津から早瀬にかけたのではなく、早瀬から広津にかけたのだ。《さぬき丸》に誘ったのは、早瀬のほうだったのだろうか。

すると次に、メールのやり取りを見ていた井川が不審な点に気づいた。早瀬との通話の直前、午後十一時四十一分に「ケータイを」というタイトルで広津あてにメールが届いていた。内容はこうだ。

〈親にケータイを取り上げられたので、こちらのアドレスで連絡を取りたいと思います。明日のことも親にばれているかもしれないので、場所を変更させてください。都内の知り合いの子が教えてくれた空き家で、その子も塾の先生と会うのに使っているみたいです。ここなら、知り合いに見られることもないと思います。葛飾区柴又×丁目×－×。カギは、郵便受けの中にあります。〉

それは、広津の死体が発見された空き家の住所だった。送信者の欄には「プリペイド」と半角のカタカナで書かれている。

プリペイド式携帯電話というのは、その名の通り、先に料金を支払った分だけサービスを利用できる携帯電話のことだ。端末の購入や契約に身分証明書の提出が義務付けられていないため、近年犯罪に利用されることが問題となっている。

これを送ったのが、橋本の証言にあった、広津の勤める塾の生徒なのではないか。高森たちはさらにメールのやり取りの記録をさかのぼった。

女性との付き合いは本当に多かったらしく、メールは膨大(ぼうだい)な数があったが、その中に、「今日は楽しかったです」や、「今度また、どこかに連れて行ってください。勉強もがんばります」など、年少者らしき文面のメールが見つかった。

メールの送信者欄の名前を見た瞬間、井川の表情が変わったのだ。

「この名前、知っているぞ」

そこには、「矢島律花」とあった。

「たしかにこれは、娘の携帯電話の番号だ」

自分の携帯電話の画面と、井川が揚げ出し豆腐の皿の横に広げた通話記録を見比べ、矢島は言った。

*

「バイトの塾講師と、プライベートで会っていたことは?」

「もちろん、知らないさ……」

寂しげに猪口を口に運ぶと、矢島は言葉を継いだ。

「小五にあがるくらいからかな、めっきり会話が少なくなった。下がまだ小さいからな、妻も面倒を見切れていないところがあるんだろう。だがまさか、塾の講師とな。それを、昔馴染みに知らされるんだから、警察官っていうのは、情けないもんだ」

「俺も、別れた女房に息子を預けたきりだ、ひとのことは言えん」

ぽりっ、と井川はピーナッツを噛み潰す。

「本当は塾に訊きに行くのが筋だろうが、さすがに先に伝えておいたほうがよかろうと思ってな」

「気遣い、感謝するよ」

矢島はそう言って再び、猪口に口をつける。高森が口を挟める雰囲気ではなかった。

「へい、おまち」

店主が金目鯛の煮つけを矢島の前に出した。矢島はそれに箸をつけることもなくしばらく黙っていた。井川もじっと、自分の手先を見ている。子どもを持つ刑事は二人、何を思っているのか。

「――井川」

やがて口を開いたのは、矢島のほうだった。

「あの子の周りに起こる、不思議なことについて、井川に話したことはあったかな」

「不思議なこと？」

「ああ。あれは、地下鉄サリン事件の年だから、もう六年前か。律花の通う幼稚園のバスの運転手が不審死を遂げたことがあってな」

「ああ」と井川が応じた。「お前が担当したと聞いたな」

「そうだ。実はあの事件のとき――」

とそのとき、高森のスーツのポケットの中で、携帯電話が震えた。０９０から始まる、知らない番号だ。事件に関する情報だろうと、瞬時に勘づいた。

「すみません、ちょっと出てきます」

二人の返事を待たず、高森は店を出る。通話ボタンを押して耳に当て「もしもし、高森ですが」と告げた。

〈もしもし。私、昼間お会いした、専教大学教育学部の松島ですけど。わかります?〉

樋浦亜沙香に寄り添っていた女子大生の顔が浮かんだ。

「もちろんです。何か、わかりましたか」

〈これは、広津くんのことに関係あるかわからないんですけど、亜沙香、ほんの一時間前に早瀬くんにカフェに呼び出されて、会ったらしいんです〉

「はあ……」

〈早瀬くん、ものすごく高そうな指輪を亜沙香に差し出して、『俺とよりを戻してほしい』って告げたそうです。亜沙香はもちろん、広津くんのことで頭がいっぱいですから、泣きながらカフェを飛び出して、今、私の部屋にいるんですけど〉

そういえば、背後にもう一人誰かがいる気配がする。それよりも高森にはひとつ、気になったことがあった。

「高そうな指輪っていうのは?」

〈三十万円くらいするものらしいです〉

驚いた。高森ですら手が出ないような値段だ。一般の大学生がとても購入できるようなものじゃない。早瀬の姿を思い出しても、そんなに金持ちの家の息子には見えなかった。

「どこから、そのお金を？」

〈少し前に、同じ学部の子から聞いたんですけど、早瀬くん、最近、競艇をやっているらしいんですよ〉

「きょうてい……って、ボートレースのこと？」

いつの間にか、高森は敬語を使わなくなっていた。

〈そうです。それで、驚異の的中率だそうで。一度なんか、一番人気の選手が乗ったボートがエンジントラブルを起こして、ものすごい払い戻しで儲かったって自慢していたそうです。私、ギャンブル知らないんで、倍率とかよくわからないんですけど、それでかなり儲かったとかで。……あっ、すみません。関係ないことまで〉

「いや。こちらが訊いたことだから」

たしかに関係のないことなのかもしれない。だが、高森の胸の中で、何やら得体のしれない灰色のものがざわざわしていた。恋人を取った親友が死んだ直後に、その元恋人に復縁を迫るなどというのは、正常な精神ではできないことだ。その親友の死の原因はヘリコプターの墜落。三十万円の指輪を買えるほどの競艇での幸運……。

何かがつながりそうでつながらない。灰色のざわめきは増幅し、高森の脳まで達しそうだった。

〈それじゃあ、私、これで〉

「わかった、また何かわかったら、連絡して」

通話を切り、店内へ戻る。

「昼間会った、松島という女子大生でした。広津ではなく、早瀬恒明について気になる点があると……」

と腰かけながら井川の顔を見て、高森は報告を止めた。無表情というわけではないが、どこか感情を失ったような、なんとも言えない面持ちだ。矢島のほうも前方を見据えたまま、唇（くちびる）を結んでいる。金目鯛の煮つけには、まだ箸がつけられていなかった。

「どうか、したんですか？」

訊ねると、井川はようやく高森の存在に気づいたという様子で、「ああ」とつぶやいた。

「すまない。あまりに矢島が突拍子（とっぴょうし）もない話をするもんでな」

「突拍子もない話？」

「無理もないさ。俺も自分がいかに妙なことを言っているかわかっている。だが……、本当に見たんだよ、俺も、あの日」

まったく話が見えなかった。思わず店主のほうを見るが、我知らずというように、鍋の中に菜箸（さいばし）を入れている。

「高森にも聞かせてやってくれないか、今の話」

井川の催促（さいそく）に、矢島は「かまわない」と答えた。

ここから数分間、矢島が語って聞かせた話は、たしかに、信じられない内容だった。

6

高森と井川が矢島律花に会ったのは、翌日の午前中だった。場所は船橋市内の、矢島の自宅近くの喫茶店だ。うちで会えばいいと、昨晩矢島は提案したが、親の前では話しにくいこともあるだろうからと、井川がここを指定した。

「初めまして。矢島律花です」

現れた彼女を見て、高森は驚いた。身長は百六十センチくらいだろうか。すらりと伸びた四肢（しし）や、長い髪、着ている服も大人びていて、小学生には見えない。二十を超えているようには見えないが、「可愛（かわい）らしい」より「美人」という形容が似合う外見であることは間違いなかった。

「亀有署の井川だ。こっちは部下の高森」

井川が言うと、彼女はうつむき、こくりとうなずいた。笑顔はない。

「私たちは君のお父さんの知り合いだ。だが、今日聞いた話は、お父さんには内緒にしておくと約束する。だから、正直に話をしてほしい」

「はい。広津先生のことですよね」

律花のほうから広津の名前が出た。

「ああ、亡くなって、残念だったね」

井川が言ったそのとき、店員が、律花の注文したカフェオレを運んできた。

「広津先生は、君が通っている学習塾《白川アカデミー》の講師だね」

「そうです」

個人経営の塾ながら、中学受験の実績で地元では有名らしく、電車で通ってくる生徒も多いという。矢島の妻がここの卒業生の母親と知り合いで、その評判を聞きつけて律花を通わせるようになった、と、昨晩高森は聞いていた。

「ずばり訊くが、君は、広津先生と、お付き合いをしていたのかな」

その言葉に、律花は驚いたように顔を上げた。

「お付き合いというか……」

言葉を選ぶ時間が、少しすぎた。

「お付き合いできたら、それはうれしかったと思います。でも先生は、私のこと、子どもだと思っていたはずです。実際、子どもですし」

「塾以外では会っていたのかな」

「はい」ためらいがちに、律花は答えた。「勉強でわからないことがあったら質問していいって、先生のほうからメアドを教えてくれて」

初めは言われたとおりに、勉強の質問に使っていたが、そのうち広津のほうから「メールじゃもどかしいから会わないか」という連絡があった。塾で禁止されていることとはわかっていたが、律花は広津と待ち合わせをするようになり、いつしかその待ち合わせは勉強とは関係なくなっていった。

「デートと考えていいのかな」

「はい。その……、キスはされました」

とんでもないやつだ、と、広津への怒りが高森の中に沸き上がる。

「でも、それだけです。たぶん先生は、そんなの、大学生の彼女とも……」

「これは律花さんが送ったメールに間違いない？」

そのあとを聞きたくなくて、高森は遮る形で、ひざの上に用意してあったメールのやり取りの記録をテーブルの上に出す。高森が示した、事件より数日前のメールの内容を見て、律花は顔を赤くした。

「えっ、広津先生のケータイ、見つかってないんじゃないんですか」

父親からの情報だろう。見つかっていないならメールの内容も知られないと思っていたようだ。

「見つかっていないよ。これは、携帯電話の会社から提供してもらったんだ。事件に関係あると警察が判断した場合だけ、特別に見せてもらえるんだよ」

「そうなんですか……。私が先生に送ったものです」

しゅんとした様子で、素直に律花はうなずいた。

「じゃあ、これも君が？」

プリペイド式携帯電話から送られたメールを示す。しばらくそれを読んだあとで、律花は首を振った。

「これは、私じゃありません。私、プリペイドなんて使ったことないし」

予期していた答えだった。井川は満足そうにコーヒーカップを口に運ぶ。今日はピーナッツを一粒も食べていない。

「誰かが君になりすまして、広津先生を空き家に呼び出したんだ」

「それって、先生を殺すためですか?」

少女の口から出た「殺す」という言葉に、高森はどきりとした。

「そんなのはありえない」

井川が否定する。

「空き家に呼び出すまでは可能だろう。しかし、そこにヘリコプターを落とすことなんてできるはずがない」

そうなのだ。そこが、高森たちの悩みどころだった。ところが、すぐに、律花は言った。

「あの人の【力】を使えばできるかもしれません」

「あの人?」

「白いワンピースの、金髪の女の人」

高森は、思わず井川のほうを見た。井川ももちろん、気づいていた。

昨晩、《青びょうたん》で、彼女の父親が語って聞かせた、〝白いワンピースの女〟のこと――。

律花は突然、テーブルに両肘をつき、額に掌をあてた。落ち着いた印象を崩しながら、嘆いている。そして彼女は、高森たちのほうを見ないまま、こう告げたのだ。

「あの人は他の人に人を殺す不思議な【力】を与えることができるんです」

7

恒明は漫画本から目を離し、テレビのそばの壁掛け時計を見た。午後三時十分になろうとしていた。バイト先までは自転車で二十分ほどかかる。土曜日は五時に開店するため、一時間前の四時には出勤していなければならない。そろそろ、シャワーを浴びて出る準備をしなければ。

「面倒くせえなあ……」

つぶやきつつ、ベッドから起き上がる。キッチンに置いてあった袋の中からパンを取り出し、かぶりついた。

バイトなんて辞めてしまおうかと、〝天使〟から【力】を得てから何度も思っている。だがだらだらと週三で働き続けている。俺が辞めたらあの店、シフトが回らないからなと、言い訳をして。所詮(しょせん)、小市民だと、自分を笑いたくなった。

パンを食べ終え、スウェットを脱ぎにかかる。インターホンが鳴ったのはそのときだった。

「はい？」

スウェットを着なおしながらドアに近づき、開けずに問うと、

「早瀬さん、開けてもらえます？」

どこかで聞いた声が返ってきた。誰だっけなと思いながらドアを開け、瞬時に後悔に襲われた。

「お休みのところ、すみません」

新聞の勧誘のような笑顔で立っていたのは、昨日大学で話しかけてきた、高森とかいう刑事だった。背後には、まんじゅう顔の井川もいる。

「入らせてもらうよ」

その太鼓腹で高森を押すようにして井川は入ってくると、後ろ手にドアを閉めた。

「なんなんですか、いったい？」

「広津くんの件で伺いたいことがあってね」

「これからバイトなんですよ」

「君が正直に答えてくれるなら、すぐに終わる」

井川の言い草に、恒明は嫌な予感がした。こいつらまさか、気づいたのか？　いや、そんなわけはない。気づいたとして、逮捕できるわけもない。

「先ほど、監察医から報告がありまして」

高森が切り出した。

「広津くんの体内から睡眠薬が検出されたんですよ。胃の中に未消化のうどんとともに成分が残されていることから、うどんを食べたときに服用したんじゃないかと思われるんですが、何か心当たりはありますか？」

まさか。焼死体なら睡眠薬のことはわからないと思っていたのに、甘かったか。

「いえ……。俺と別れた後に飲んだのかも」

余計なことを言ったかもしれないと思ったが、高森は気にした様子もなく、

「そうですか」

と、内ポケットから折りたたまれた紙を出した。

「広津くんの携帯電話は依然(いぜん)発見されていないんですが、携帯電話会社に通話記録は残っていました。それによると、事件の前日、二十二日の午後十一時四十五分、たしかにあなたと広津さんは通話をしている。しかし、かけたのはあなたのほうです。たしか昨日あなたは、広津くんのほうからかけてきたとおっしゃいませんでしたか」

本体がなくても、通話記録は残っているのか。これはしくじった。だが、こんなのは切り抜けられる。

「そうだったかもしれません。実はあの夜は酔っていて、よく覚えていません」

「そうですか。じゃあ次にこちらのほうを見てください」

差し出されたそれを見て、叫びそうになる。メールのやり取りまで見られるとは、思っていなかった。

「広津くんが例の空き家に行った理由は、このメールにあるとみて間違いないでしょう。プリペイド式携帯電話からのものなので誰が送ったのかははっきりしないが、午後十一時四十一分といえば、あなたが広津くんと通話をするわずか四分前のことです。このメールを送ったのは、あなたではないですか？」

「なんでですか。あいつは、塾の教え子と付き合っていたんでしょ。どう見てもこの文面は、その子じゃないですか」

「午前中、広津くんと約束をしていた小学生の女の子に確認してきましたが、違うと言っていました」

「そんなの否定するに決まっている。子どもの言うこと信じて、どうするんですか」

「ずいぶん、取り乱しているようだな」

ぐいっと井川が高森を押しのけた。

「ここに、広津を亡き者にしたい人物Aがいたとする」

脂ぎったまんじゅう顔が恒明に近づいてくる。

「Aは広津清吾が、アルバイト先の塾の生徒と逢引しているのを知っていた。プリペイド式携帯電話で、その生徒がアドレスを変えたように見せかけ、柴又の空き家で会おうと誘った。Aは空き家に入った広津を眠らせたかったため、直前に空き家の近くで昼食をとろうと誘い、隙を見て、広津の食事の中に睡眠薬を混入した。うどん屋を出た後、広津の後を追い、空き家の中に入った彼が眠ったところで荷物を盗み出した。荷物はどこかで処分したのだろう。あとは、その空き家にヘリコプターが落ちれば、広津の死体は身元不明となる」

口を結んだ井川を見て、恒明は思わず笑いを漏らした。

「おかしいかい。これなら、広津をうどん屋に誘い、それを黙っていた君が怪しいということになるんだがね」

「おかしいでしょう。まず、空き家の鍵はどうするんです?」

「鍵は、玄関わきの郵便受けの内側に貼り付けてあったんだ。それを君は、知っていたんだろう」

「知りえないですよ。柴又なんて、行ったこともないです。それに、それにですよ。こっちのほうがもっと大きな問題ですが、僕はどうやって、ヘリコプターを落としたというんですか」

自分で言ったことが心の底からおかしくて、恒明は声を立てて笑った。だが、二人は笑わなかった。

「〝白いワンピースの女〟」

びくりと恒明の体が動いた。不意すぎた。なぜ、知っている？　動悸が速くなっていく。

「体の周りに、金色の粉が舞っている」

嘘だ。まさかあの女がこいつらに接触を？　だとしたら、終わりだ。頭がくらりとした。

「心あたりがあるようだね」

「なんのことだか……」

「広津くんと秘密の逢瀬を重ねていた矢島律花さんが話してくれたんだ。彼女は幼稚園のころ、殺人事件に遭遇している。被害者は幼稚園バスの運転手。犯人は彼女の担任をしていた先生だそうだ。ある日、〝白いワンピースの女性〟が時間を止め、その先生の手を握り、何かをささやいた。なぜか時間を止められなかった律花さんにはその意味がよくわかっていなかったようだが、運転手が死んだのはそのすぐ後のことだそうだ。彼女は〝白いワンピースの女〟から与えられた【発電する力】を使い、運転手を感電死させたというんだ」

息が荒くなりかけたが、ぐっとこらえた。こいつらは、直接見たことはないらしい。

「私にはその存在が何なのかわからん。だが君の前に、その〝白いワンピースの女〟が現れ、秘密の【力】を与えていったと考えたらどうだろうか。たとえば――」

さらに、井川は恒明に近づいてきた。

「機械、具体的には【エンジンを遠隔操作で止めてしまう力】だ」

「エンジンを、止める？」

恒明は乾いた口で、井川の言葉を繰り返した。すかさず、高森がメモ帳に目を落とす。

「十月十六日、江戸川競艇場で行われた第四レース。三番で出場した選手は数レース前から負けなしの一番人気でした。ところが初めのターンを終えたところで、三番のボートは原因不明のエンジントラブルを起こして失速、レースは大番狂わせに。結果、三連単の6-4-5は、四千二百倍の超高配当を記録しました」

顔を上げる高森。

「早瀬さん。あなたは、このレースを当てたそうですね。『目の前で結果を見たときには興奮で血管が切れそうだった』と自慢されたと、橋本さんが言っていました」

あのおしゃべりめ。そんなことを事細かに。……だが、橋本へのいら立ちとは裏腹に、恒明の心には愉快（ゆかい）な気持ちが湧（わ）き上がってくる。

「あなたはこのレースを江戸川競艇場で観戦していた。そして、コーナーを回った三番のボートのエンジンを止めたんです。ヘリコプターを止めたように」

「馬鹿ですか！」

危機感からの反動で、自分でも制御できないほど恒明は笑った。

「僕が競艇を当てたのはその日だけじゃない。エンジンが止まったレースが、他にありましたか？　調べてもらってもいい。そうそうエンジンが止まるなら、レースなんてできません」

高森は何も言い返さない。

「いいですよ」

得意になって、恒明は続けた。

「仮にその、【遠隔操作でエンジンを止める力】を僕が授かっていて、飛んでいるヘリコプターのエンジンを止めたとしましょう。でも、清吾が眠っているその空き家に落ちるとは限らないじゃないですか。まさか、エンジンを止めたヘリコプターを動かして、空き家まで誘導したっていうんですか？」

答えられまい。答えられるはずがないのだ。なぜなら、あんた方の想像は間違っているからだ！

恒明はひとしきり笑ったあとで、真顔に戻した。

「言いたいことは、それだけですか？」

それならさっさと帰ってください。そう恒明の口が動く前に、高森が言った。

「指輪を贈ったそうですね、樋浦亜沙香さんに」

うっ、と喉から変な音が出た。

「三十万円ほどする高級品だが、樋浦さんはそれを拒否したと聞きました」

高森の口調が憐れみを含んでいるようで、恥辱が込み上げてきた。あの夜、飲み屋でかみしめていた感情に似ていた。

「誰に聞いたかわかりませんが、僕は彼女とよりを戻すつもりです」

表情を悟られまいと、恒明は机を振り返り、携帯電話を手に取った。

「このストラップは、亜沙香が同級生のデザイナーに頼んで僕のために作ってくれた一点モノなんです。一度は心が離れたかもしれませんが、また、僕に戻ってくるはずです」

「そうですか」

冷ややかなその目は、明らかに恒明を見下していた。井川などつまらなそうに首を振っている。恥辱より怒りが勝ってきた。

「もう帰ってください。僕はバイトに行かなきゃいけないんだ。さあ、さあ」

ドアを開け、二人を押して追い出す。

「また、来るよ」

井川は振り返り、不敵に笑った。黙れこの加齢臭まんじゅうおやじめ。二度と来るんじゃねえ！

サムターン錠を回して鍵を閉め、背中でドアを押さえる体勢になり、げんこつで戸を一回、叩いた。お前たちに何がわかる？　亜沙香は俺を愛しているに決まっている。

気分が落ち着くまで、その体勢でいることにした。

大丈夫。心配はない。逮捕されることなどないのだ。

だが、……本当だろうか、と自問する。

やつらは、プリペイドの携帯電話のメールまで見ていた。恒明があれを送ったという証拠がこの先見つかることがあれば……いや、そんなことはない。あの電話自体、今頃はスクラップだ。

「ずいぶん、焦っていましたね」

心臓をつかまれたようになり、部屋の中を振り返る。ベッドの上に、彼女はいた。白いワンピース。長い金髪。青い目。体全体を覆うような、金色の光の粉――〝天使〟だ。

「あんたの存在、ばれてたじゃねえか！」

恒明が怒鳴りつけると、彼女は透き通るような白い指を唇に当て、しー、と言った。

「まだ外にいるかも。聞こえますよ」

慌てて窓のほうへ行き、カーテンの隙間から外を見ると、住宅街の細い道を遠ざかっていく刑事たちの背中が見えた。二人が見えなくなるまで見届けたあとで、恒明は再び〝天使〟のほうを見た。

「あいつらが言っていたのは本当か？　矢島律花の周りの人間が、お前のせいで殺人者になるって」

「それは飛躍です」

〝天使〟は肩をちょこっと上げて微笑んだ。つかめないやつだ。

まあいい。不意に、いいアイディアが浮かんだことで、恒明はそう思った。

「そうか。刑事たちは矢島律花からあんたの話を聞いたのか。だったら矢島律花を殺せばいいんだ」

〝天使〟の顔から笑みが消えた。こいつも、俺の明晰さに気づいたようだ。

「そうすれば、俺へ疑いは向けられずに済む。こんな不安な気持ちから逃れられる。これしかないだろう。今夜……」

と、机へ手を伸ばしたそのとき、

「いけません」

〝天使〟が言った。瞬間、恒明の手は動かなくなった。

「え？」

「矢島律花を殺してはいけません」

「な……、あんた、今さら何を言ってるんだよ。清吾は殺せと言ったくせに」

手を動かそうとするが、まるで見えないコンクリートで固められているかのようにびくともしない。〝天使〟は恒明の顔に近づいてくる。

「考えを変えないのなら、別の誰かがあなたを始末することになります」

「なんでだよ、いったい、どうしてだよ！」

「気にしなくていいのです。とにかく考えを改めてください。あなたにはまだ働いてもらわなければならないのですから」

「はあ？」

「計算が狂ってしまったのです。まさか、あんなことになるとは」

〝天使〟は、恒明の耳に口を近づけ、ささやいた。

「馬鹿。そんなことをしたら、俺はいよいよ捕まってしまう」

「大丈夫です。やるのです」

〝天使〟の目は、恒明を捕えて離さない。もう、アルバイトどころではない。この手が、動かないことには。

「やるのです」

〝天使〟の声とともに、太いロープが切れるような音がして、恒明は気を失った。

8

二人は車に乗っていた。高森は井川の指示で、車を池袋へ向かわせている。

「本当にいるんでしょうか、〝白いワンピースの女〟なんて……」

矢島正成と律花の親子から聞いた、〝白いワンピースの女〟。

周囲をストップモーションにさせ、人の手を握って、なんらかの【力】を授ける。【体から電気を発する力】を得た幼稚園教諭(きょうゆ)はトリックを弄(ろう)し、オルガンを弾きながら、同じ園に勤めていたバスの運転手を感電死させたと、正成は言っていた。

「やっぱり、信じられませんよ、俺には」

「しかし、親子で口裏を合わせて、俺たちをかついでいると思うか？」

ぽりぽりと井川がピーナッツを嚙む音を聞きながら、たしかにそれはなさそうだと、高森も感じる。刑事ひと筋でやってきた父・正成。小学六年生とは思えないほど清楚で美人な娘・律花。この二人がそろって、〝白いワンピースの女〟を見たと言っているのだ。しかも、その女のあるところには、不可解な【力】の関わる殺人事件が起きている。

「とにかく、この事件の裏には何か、不可解なものがうごめいている気がしてならん。もっと情報を集めるんだ。広津や早瀬の知り合いからな」

「はい」

辿りついたのは、池袋駅から徒歩で十分ほどのビルだ。この三階にある《大車輪》というチェーン居酒屋が、早瀬のアルバイト先だった。早瀬の部屋からは自転車で二十分といったところだろう。彼が来る前に、できるだけのことは聞いておくつもりだった。

準備中の札の下がった店に入る。店長と思しき三十代男性が一人で、仕込みをしていた。

警察だと名乗ると、彼は目を丸くした。さらに、ヘリコプター墜落事故の被害者と早瀬が知り合いであり、確認したいことがあるというと、初めての言語を聞いたかのような顔をしたが、「ええ、私にわかることなら」と、聴取に応じた。

「ここ一か月ほど、早瀬恒明さんに、何か変わったことはありませんか?」

「早瀬ねえ……」

店長はしばらく考えていたが、

「あいつはここで働き始めて三年目になりますが、一度も遅刻はありません。お客への言葉遣いもちゃんとしているし、ミスもないし、重宝してますよ。問題なんて、ないなあ」

「無断欠勤など」

「あいつに限っては、考えられないですね」

意外にも、まじめなようだった。

「なにか、彼を見ていて、『不思議だな』と感じることはありませんか?」

高森は食い下がるように訊ねた。店長は腕を組み、いよいよ難しそうな顔をしていたが、やがて、「あ」と腕をほどいた。

「早瀬は自転車で来てるんで、閉店終了後の後片付けまで手伝ってもらってるんですよ。うちは十一時閉店で、あいつが帰るのは十二時をすぎます。そのあいだ、皿洗いやら掃除やら、一生懸命やってるんですけど、十一時半ごろ、必ず一回、出ていくんですよ。『大事な電話がかかってくる』って言って」

「大事な電話?」

「そうそう、ロッカールームにこもってです。一度こっそりのぞいたら、あいつ、自慢のレッサーパンダのしっぽのストラップのついた携帯で、神妙に話をしていまして。彼女かと思って冷やかしたんですが、『そんなんじゃないです』と半ギレされましたよ」

へへへと店長は笑った。

「何を話していたかはわからないですか」

「はっきりと聞き取れなかったですが、『さんいちよん』だとかそういう数字が聞こえましたね」

「さんいちよん……、それは、勤め始めてからずっとですか」

「いや、今月の半ばくらいから急にです」

恋人のはずはない。むしろ、樋浦と別れた直後からその習慣があるということだ。

店長に礼を言い、例のごとく名刺を渡して、店を辞した。

「何でしょう、さんいちよん、って」

「鈍い奴だな、お前は」

井川はふん、と笑い、ピーナッツを口に放り込んだ。

「えっ、何かわかったんですか？」

「三連単だよ」

それで高森にもピンときた。『3-1-4』だ。

「競艇の予想ですか。じゃあ、事件とは関係なさそうですね」

「それで四千二百倍を当てているとなれば、調べる価値はあるだろう」

冗談かと思ったが、顔はまったく笑っていなかった。

それが、事件に関係ありそうだと判断されたのは、二時間後のことだった。令状を取り、携帯電話会社に持ち込み、早瀬の携帯電話の発着信を調べたのだった。十月半ばから昨日まで、午後十一時半前後には、発信も着信も一つもなかった。

「どういうことですか。……そうか。例のプリペイド電話でかけていたのか」

「いや、《大車輪》の店長は早瀬がレッサーパンダのしっぽのストラップがついた携帯電話でかけていたと言っていた。あれは一点モノなんだろう。通話のたびにストラップをつけ替えるとは思えん」

「たしかに。じゃあ、どういうことなんですか?」

「発着信履歴の残らない通話。この世の携帯電話ではありえないことだ」

井川は苦々しげに唇をゆがめた。

「いよいよ、俺たちは、人じゃないものを相手にしようとしているってことさ」

9

喉の渇きを感じ、目を開けた。やばい、ととっさに感じ、跳ね起きる。部屋は真っ暗だった。手探りで電気をつけ、壁掛け時計を見ると、十一時二十分を指している。

ちくしょう、と叫ぼうとして声ががらがらなことに気づいた。なんなんだ、この喉の渇きは。いや、そんなことより、初めてバイトをすっぽかしてしまった。ベッドの上のレッサーパンダのしっぽを手繰り寄せ、携帯を開く。店からの着信履歴が七つ、入っていた。

「ああ、やっちまった」

――あなたにはまだ働いてもらわなければならないのですから。

〝天使〟の顔が頭に浮かび、無性に腹が立ってきた。

――やるのです。

「てめえ、天使、出てきやがれ！」

机の上の教科書、財布、文房具、手当たり次第に壁に投げつけた。しかし、すぐにやめた。〝天使〟など現れず、むなしさと渇き、そして空腹感だけが残った。

バイト先に連絡などしなくていい。どうせもう後片付けの時間だ。いっそのこと、このまま辞めても……。

冷蔵庫は空だった。コンビニに行かなければと思いつつ、再び時計を見る。

昨夜は、電話が来なかった。きっと何か不測の事態が起きたに違いない。事件に関わることかどうかはわからないが、用心に越したことはない。とにかく、今日は指示がある可能性がある。間に合うように目を覚ませたのがせめてもの救いだ。

財布と携帯電話をスウェットのポケットに押し込む。ふと、机の上のオイルライターに目が留まった。たばこは吸わないが、静岡の友人が記念にとくれたものだった。

〝天使〟の金色の粉が、そこらにまだ漂っている気がした。

一応、持っていくか。オイルライターをポケットに入れ、裸足にサンダルを履いて、外へ出た。十一月も差し迫っているので素足はかなり寒いが、コンビニまでの百メートルの往復ぐらいは我慢しよう。

住宅街の中の細い道、人はいない。土曜はみんな、遅くまで遊んでいるか、もしくは家にこもって出てこないのだろう。

五十メートルほど先の大きな道路には、さすがに車が行き交っている。あそこを右に曲がり、街道沿いにあるセルフガソリンスタンドの前を通りすぎれば、すぐにコンビニだ。徒歩圏内にコンビニのある生活のなんとすばらしいことか。

角を曲がる。ガソリンスタンドの前にさしかかったときに、おや、と思った。シルバーのセダン車が停車している。ノズルを手に給油をしているのは、あの高森という刑事だった。そばにはデブの井川もいる。

「これは、早瀬さん」

高森が、恒明に気づいた。

「ちょうどよかった。会いに行こうと思っていたところですよ。ただ、ガソリンがなくなっちゃって」

ノズルから手を離すことなく、話しかけてくる。無視して通り過ぎようとすると、ちょっとちょっと、と言って、ノズルを車の給油口に突っ込んだまま置いて、行く手を阻(はば)んできた。腹を揺らしながら井川もやってくる。

「給油の間くらい待ってくれてもいいでしょう」

「話すことなんてない」

「こっちにはあるんだ」

井川が威圧的に言ってくるが、もうその手には乗らない。さっとかわして、コンビニへ向かう。

「君が〝天使〟に授かった【力】がわかったよ」

恒明の足が止まった。聞かずにコンビニに行ってもいいが、どうせ帰りもここを通る。待ち伏せされているだろう。恒明は心を決めて、振り返った。

「聞かせてもらいます」

「池袋の《大車輪》。君がアルバイトをしている店に行ったんだ」

バイト先にまで。刑事たちへの憎悪（ぞうお）が込み上げる。

「君は店の営業が終わったあと、まだ片づけの終わらない十一時半前後に、必ず誰かと電話をしていると店長が証言した。その内容はどうやら、競艇に関わるものらしい。誰と電話をしていたのか調べようと、俺たちは携帯電話の会社に足を運んだ」

井川の合図に、高森が折りたたまれた紙を出す。また通話履歴か。

「驚いたことに、十一時半前後、君の携帯電話には着信履歴も発信履歴も残っていなかった」

「へぇ……」

恒明にとっても新情報だった。あの通話はやっぱり、人間世界の記録には残らないのか。

「認めたくはないが、人間以外の【力】が関わっているものとしか思えない」

井川は言うと、ポケットから何かを取り出して口に放り込み、ぼりぼりと噛み砕（くだ）いた。

「君は次の日の競艇の結果を聞いていたんだろう」

高森が後を続けた。ずっと敬語を使っていたはずの彼が「君」という言葉を使った。

「おそらくは、翌日の早瀬恒明から」

自分が意外にも穏やかな気持ちでいることが、恒明はおかしかった。まるで他人のことを聞かされているようだ。まさに、この数週間、毎晩十一時三十分前後に通話してきた早瀬恒明は、自分であり、他人のような感覚だった。

「ボートのエンジントラブルは、君のせいではなく、予定されたことだったんだ。そしてもちろん、ヘリコプターの事故も」

高森は続けていた。

「君が〝白いワンピースの女〟から授かったのは、【昨日の自分自身に電話をかける力】だ。わざわざアルバイトの片づけ中に時間を取るくらいだから、その【力】は午後十一時半前後にしか使えないんだろう」

恒明の脳裏に、初めて〝天使〟に会った夜の光景が浮かんできた。ストップモーションから解放され、目の前に〈やきとり　玄ちゃん〉の看板が落ちてきた直後のことだ。

ぐぐ、ぐぐぐぐと、尻もちをついている恒明のそばで携帯電話が震えていた。心配して近づいてきたサラリーマンを無視し、レッサーパンダのしっぽのストラップを手繰り寄せ、通話ボタンを押して耳に当てた。よく知った声が聞こえた。

——俺だ。十月六日の早瀬恒明だ。

たしかに自分の声だった。そしてその声は、信じられない計画を告げたのだ。

「避けられないような大事故が起こるのを待ち、〝昨日の自分自身〟に電話して、その時刻、その現場に広津くんが行くように仕向けさせる」

あの日告げられた計画とまったく同じことを、目の前の高森は言っていた。

「大事故に巻き込むことにより、君は自分の手を汚すことなく、広津くんを葬ることができる。君が力を得たのはいつかわからないが、そんな事故が起こるのをずっと待ち続けたんだろう。そして起こったのが、あのヘリコプター事故だった」

——いよいよだぞ。

今度は、十月二十二日、バイト先のロッカーで聞いた未来からの声が頭の中にこだました。

——明日の午後四時三十分に、葛飾区の柴又でヘリコプターの墜落事故が起きる。

「空き家の郵便受けに鍵が貼り付けてあることは事故当日のニュースで住民が言っていた。……まあ、未来の自分自身から、そんなことは教わっていただろうけれど」

そのとおりだった。あの日、未来の自分は、プリペイド式携帯電話で矢島律花を装って清吾をおびきよせること、京成高砂駅近くのうどん屋に同行して睡眠薬を飲ませたうえで喧嘩別れすることなど、自分が成功させたばかりの計画を余すところなく過去の自分自身にレクチャーしたのだった。

「荷物を持ち去って遺体の身元を不明にしたのは、警察が自分にたどり着かないようにという用心のためか？」

ふてぶてしいまんじゅう顔で、井川が訊ねた。遺体を身元不明にすれば完全犯罪はさらに完全になる——未来の早瀬恒明から聞き、過去の早瀬恒明にそっくりそのまま告げた言葉が、耳元に聞こえた気がした。

「まったく余計なことをしてくれる」

井川はぶるんと頬を震わせる。

たしかに警察をなめすぎていたようだ。恒明はそう思いながらも、愉快な気持ちを隠せずにいた。

「どうかな、それで俺を逮捕できますか」

「そろそろ、午後十一時三十分だ」

井川は腕時計に目を落とした。

「【力】がないというのなら、貸してくれないか。その携帯電話を」

明日の恒明からの着信を取ろうという魂胆らしい。恒明はスウェットのポケットから携帯電話を出し、井川に渡した。

秋も深まる夜空の下、恒明と二人の刑事は言葉もなく対峙している。

これだったのか。井川の手の中の携帯電話を見つめ、恒明は昨夜の着信がなかったことを納得していた。取り上げられていたのでは、電話を掛けられるはずがない。ということは今夜も……。

結局そのまま、十一時四十分まですぎた。

「……いつかかってくるんです？『明日の早瀬恒明』からの電話は？」

恒明はにやにやしながら訊いた。

「こっちからかけたらどうですか、『明日の早瀬恒明』に」

井川と高森は顔を見合わせた。井川は仏頂面をしていたが、やがて恒明に携帯電話を差し出した。

「ああ、もういいんですか」

余裕たっぷりに言って、恒明は携帯電話を受け取る。

馬鹿かこいつらは。今日のこの時間を経験した俺が、明日みすみす電話をかけてくるわけがないだろうに。

高森の悔しそうな顔。爽快だ。

「もう、来ないでください」

くるりと背を向け、歩き出す。あきらめろ。

「……逃れられないからな」

高森が声をかけてきた。

「君は逃げたつもりかもしれないが、犯した罪は君自身がよく知っている。恋人を亡くした樋浦亜沙香さん、息子を亡くした広津清吾くんのご両親、その他大勢の人の悲しみに背を向けて、君は生きていけるのか」

くだらない。恒明は歩みを止めなかった。

「今回、我々が逮捕できなくても、君は重要参考人としてリストに載る。就職活動に、少なからず影響が出るのは覚悟しておけ」

就職活動に？　本当だろうか。いや、はったりに違いない。だが……と、高森を振り返る。にやりと笑っていた。

「やっぱり、やましいところがあるみたいだね。逃れられないよ、君は」

真っ赤な怒りが込み上げてきた。人をバカにしやがって。

だいたい、初対面から気に入らない奴だった。どことなく、清吾と似た笑顔だからだ。

スウェットの左ポケットに手を入れると、オイルライターの感触があった。〝天使〟の命令などに応えるつもりはなかったが、まあいい。

サンダルでアスファルトを蹴った。目標は、高森ではなく、やつらの乗ってきた車だ。すばやく手を伸ばし、給油口に挿されたままのノズルを抜き取る。高森に向け、中身を噴出させた。ガソリンが、高森の頭から全身にふりかかった。

「何をする！」

高森は予想外にも、姿勢を低くし、突っ込んできた。ノズルの先が乱れ、恒明自身にもガソリンがかかった。ノズルを捨て、渾身の力を込めて高森の腹を殴る。うっ、とうめいて、高森はタイヤの傍に転がった。その華奢な胸の上にずしんと馬乗りになり、オイルライターを出した。

「やめろ」

向かってくる井川を制するように、蓋を開けて火をつける。

「来るなよ。来たら、火をつける。俺もこの人も、火だるまだ」

井川の足は止まった。ブルドッグの顔にびっしょり汗をかき、だらしない腹に押されてワイシャツの裾はズボンからびろんと出ていた。

恒明は右手でストラップを引っ張って携帯電話を取り出し、開き、リダイヤルボタンを操作した。発着信履歴は残っていないらしいが、画面にはしっかり、自分の携帯電話の番号がある。

「安心しなよ。昨日の俺に電話して、矢島律花を殺してもらうよ」

「な、なんだと？」

「考えてみろよ。矢島律花がいなければ、あんたらが彼女に事情聴取することもなく、〝天使〟について知ることもなかった。俺の【力】に気づくこともなく、こんな不毛な時間をすごさずにすんだ」

「〝天使〟……？」

勘の悪いおっさんだ。すべてを一言で説明してやる必要がある。

「運命を変えるんだよ。俺と、高森さん、両方を救えるぜ」

井川は混乱している。情けない顔だ。こんな大人には絶対になりたくない。微笑みながら、恒明は通話ボタンを押した。

ぽっ、と画面から火花が散った。

「えっ？」

次の瞬間、視界が明るくなった。皮膚が痛い。いや、熱い！　髪が燃えている。腕が、腹が、足が、燃えている。

「わあああっ！」

尻の下の高森も火に包まれていた。

「嘘だ！」

高森の上から飛びのき、そのあたりを転げまわる。口から熱気が喉に入り、肺の中まで焼け付くようだ。

「しょ、消火器！」

井川の声が遠く聞こえた。自分の皮膚が焼けていく音が聞こえる。怖い、と感じた。嫌だ、死ぬのは嫌だ。

そのとき、燃える視界の向こう、車両の屋根に〝天使〟がすわっているのが見えた。

〝天使〟――助けてくれ。

しかし彼女は、恒明の叫びなど聞こえないように、憂い（うれ）と寂しさをまぜたような顔で、高森を見下ろしていた。

「ごめんなさいね、高森さん」

その清廉（せいれん）な声は、やけにはっきりと、恒明の耳に聞こえていた。

なぜ……、俺ではなく高森に……謝るんだ……。

「これは、予定されない業火（ごうか）なの。でも、あきらめてください」

人類の未来のために――。〝天使〟のその言葉は、恒明がこの世で聞いた最後の音となった。

第三話　天の刑、地の罰

1

二〇〇八年六月十八日、水曜日。午前八時十五分。東京都千代田区岩本町。

万世橋署刑事課に所属する相馬剛一は、部下の川辺とともに《フィクシー岩本町》へ来ていた。デザイナーズビジネスホテル。看板にはそんな聞きなれない言葉が書いてある。建物の黒い外観は、ホテルというよりは新興のフィットネスクラブを思わせた。

エレベーターで三階へ上がると、左手の廊下の奥、三一一号室の前に交番勤務の佐山が立っているのが見えた。

「ご苦労様です」

相馬と川辺の姿を認めるや、佐山は直立不動の体勢で敬礼をしてきた。

「現場は、この部屋です」

「遺体の身元は？」

「柳ケ瀬修。衆議院議員、竹内一朗太の公設秘書です」

「議員の秘書？」相馬の問いに、佐山はうなずくと、一枚の名刺を相馬に手渡した。

「現場にあったものです。第一発見者の女性も証言しています」

「首吊りということだが」

「はい。天井の梁というか、鉄骨にロープを括り付けて」

どこか違和感のある言葉だったが、そこには触れず、質問を重ねる。

「遺体はまだ、発見された状態のままか？」

「はい。あ、いえ……」

佐山は言い淀む。この春、万世橋署に赴任してきたばかりの新人だが、だいぶ疲れているようだった。

彼の疲労の原因は、相馬にもよくわかっていた。先週の日曜日に秋葉原で起きた通り魔事件だ。犯人の男は軽トラックで歩行者を撥ね飛ばしながら交差点に突っ込み、奇声をあげて刃物で次々と通行人を切りつけていった。事件後、彼が直前にインターネット上に犯行予告を書き込んでいたことが明らかになった。事件は、報道によって全国を震撼させた。あの日以来、万世橋署は戦々恐々としている。

秋葉原。この地は今や、アニメ・オタクの聖地として世界に名をとどろかせる文化の中心地といっていい。しかしその特性上、時として陰鬱な時代に抑圧されたモンスターを呼び寄せうる。そういう事実が明らかになった事件だった。

犯人に刺激され、第二、第三の事件を起こす者が出ないとは限らない。いや、確実に出るだろう。――叫ばれる警備強化の声の対応に、ここ数日間署は追われっぱなしであり、仕事の量は目に見えて増えていた。

そこへきて、この変死体。けっして好ましい状況ではない。

佐山の気持ちは相馬にもよくわかった。しかし、どんな状況下でも、ひとつひとつの案件に真摯に向き合うのが警察官である。

「しっかりしろ」

「すみません」

激励のつもりだったが、佐山は萎縮したような顔になった。

「あの……説明するより、ご覧になったほうが。ドアを開けば見える位置にあります」

変死体が発見された場合、まず現場に入れるのは鑑識と決まっている。彼らがいいと言うまで、死体を動かすことも刑事が入ることも許されない。しかし、現場に立ち入らないのなら、廊下から中をのぞくぐらいはいいだろう。

相馬は手袋をはめ、三一一号室のドアを開いた。

すぐ左にユニットバスがあり、奥がベッドルームになっているようだ。相馬たちのいる位置から中の正確な広さはうかがい知れず、床に横たわるぐったりした男性の頭部だけが見える。首にはたしかに、白いロープが巻かれていた。

「降ろしたのか？」

川辺が、責めるような口調で問うた。

「い、いえ、私ではありません」

佐山は慌てた様子で首を振った。

「第一発見者の女性が、ロープを切ったそうです」

「ロープを切った？　なぜ」

「まだ蘇生できると思ったとのことでした」

先ほど佐山が言葉を濁した意味が、相馬にはようやくわかった。たしかにそれでは、「発見された状態」ではない。

「一人で降ろしたのか？」

「はい。降ろしてから、フロントに電話をしたと言っていました」

不自然だ、と相馬は思った。

首吊りした者を蘇生のために降ろすのはいいとして、女がそれを一人でやるものだろうか。人を呼んで、手伝ってもらおうと考えるのが先では……？

「詳しくは本人に直接、訊ねてみてください。そちらにいます」

相馬の表情を読み取ってか、佐山は、すぐそばの三一〇号室を指さした。

2

日向麻紀はベッドに腰かけ、壁の一部を見ていた。

柳ケ瀬に連れられ、このホテルには何度も来たことがあるけれど、シングルルームに入るのは初めてだった。だいたい柳ケ瀬と泊まる二人用の部屋に似ていた。壁紙は黒と白の縞模様。ドアを入ってすぐ左に、トイレとユニットバス。奥正面に、床に固定されたテレビ台と二十一インチの薄型テレビ。天板の丸いテーブルと、黒い椅子が一つずつ。

ドアがノックされた。

「はい」

返事をすると、二人の男性が入ってきた。一人はスキンヘッドでかなりの強面だ。もう一人の若いほうは洗いざらしのような髪で、唇が分厚い。

「おはようございます。万世橋署の相馬といいます」

「川辺です」

「日向麻紀です」

「このたびは、とんだことでした」

「ええ、はい……」

緊張を隠そうと、麻紀は顔を伏せる。これから、悲劇の主人公を演じなければならない。川辺がポケットからメモを取り出し、椅子を引き出して麻紀の正面に座った。

「遺体を発見なさったいきさつをお伺(うかが)いする前に、あなた自身のことを聞かせてください」

大丈夫。落ち着いて。姉の言葉が聞こえた気がした。

「まず、あなたと柳ケ瀬さんの関係からおねがいできますか?」

「私は、赤坂(あかさか)の《ムーラン》というクラブで働いています。柳ケ瀬さんは店のお客様です。議員の竹内先生と、よく、お店にいらしてくださいました」

「柳ケ瀬さんは議員秘書だったんですよね。昨晩も、お店に来たんですか?」

「はい。でも昨晩は柳ケ瀬さんお一人で。だいぶお酒を飲まれて、十時にはご退店されたと思います」

強面の相馬が、おや、という表情をした。

「気になりますね。そんなあなたがどうしてこのホテルへやってきたのか」

「あの……」

言葉を濁す。もちろん、話す気でいるが、後ろめたい雰囲気を作らなければならない。

「これは、お店には内緒に。それから、柳ケ瀬さんのご家族のお耳にも入らないようにしていただきたいのですが」

「捜査上知りえたことを、必要以上に、関係者に話すことはしません。ご安心ください」

「私は、柳ケ瀬さんとお付き合いしていました。柳ケ瀬さんには奥さんと七歳の息子さんがいますから、愛人、ということになります」

川辺がメモ帳にボールペンを走らせる。

「お付き合いされて、どれくらいですか」

刑事という仕事はこういう事例には慣れているのだろう。咎(とが)めるような雰囲気はなかった。

「もう、半年になります」

「なるほど。昨晩のことを続けてくださいますか」

「柳ケ瀬さんは店を出る前、こっそり私にこのホテルの名前と部屋番号を私に告げました。何度も使っているホテルですので、私は店が終わった零時すぎ、タクシーでやってきました。部屋に入ると、柳ケ瀬さんは荒れていました」

「荒れていた？　なぜです？」

「……竹内先生の、汚職の責任を背負わされたからです」

　麻紀は思い出すようにして、ゆっくりと証言した。

　議員の竹内一朗太は持病のため、今期で引退を考えている。柳ケ瀬はその後釜として擁立されることがほぼ内定していた。ところが先日、思わぬ事態が起きた。とある写真週刊誌に、大手ゼネコンの片貝建設から複数の議員に不正な政治献金があったという記事が載ったのだ。受け取った議員の名は伏せられていたが、週刊誌の編集部のほうから竹内の事務所に「すでにおおよそのことはつかんでおります」という電話があったらしい。

　栄光ある議員生活を汚名で終わらせたくないと考えた竹内は、金銭授受の手はずを整えた柳ケ瀬にすべての責任をなすりつけることにした。

「当然のことながら、柳ケ瀬さんの立候補の話はなくなりました。それで、柳ケ瀬さんは荒れていたんです。私をののしり、カッターナイフで襲ってきました。そのあと、おはぎを投げつけてきて……」

「おはぎ？」

「竹内先生の後援会に和菓子屋の方がいて、よく先生が気を遣って買ってくるんだそうです。竹内先生は甘いものが苦手なので、代わりに甘いもの好きの柳ケ瀬さんがいつももらって来るんですけれど、昨日は竹内先生に裏切られた思いもあって、後援の方のおはぎまで憎かったのだと思います」

「なるほど。そういうものですかね」

「私にひとしきりあたったかと思うと、柳ケ瀬さんは糸が切れたようにベッドに座り込み、泣き出しました。『終わりだ、もう俺は、終わりだ……』と」

二人の刑事の顔から、麻紀を疑っている様子はうかがえない。第一段階は成功。柳ケ瀬の自殺の動機は十分のはずだ。

「それで、あなたはどうしたのですか？」

「午前二時くらいだったでしょうか。急に柳ケ瀬さんは『今夜はもう、帰ってくれ』と言いました。もちろん私はそばにいたかったんですが、『どうしても帰れ』とすごい剣幕でしたし、また乱暴されるのが哀（かな）しかったものですから、タクシーを拾って帰りました」

「お住まいはどちらですか」

「目黒（めぐろ）です。ここからは、そうですね……三十分もあれば帰れます」

「タクシーの領収書などあれば、大変助かります」

「あると思います」

財布の中から出した領収書を、川辺に渡す。姉の予想したとおりだった。昨晩乗ったタクシーが特定され、ドライブレコーダーにうつった麻紀の姿が確認される。これで、アリバイは成立だ。

「ご帰宅されたあとは？」

「シャワーを浴びまして、ベッドに入ったのが三時十五分くらいでした。ですがやはり、柳ケ瀬さんが気になって眠れず、明るくなってから電話をしたのですが出ませんでした。七時を過ぎたころ、やっぱりいてもたってもいられず、再びタクシーでこちらへやってきて、お部屋を訪れたんです」

「ご遺体を発見したあと、あなたはどうされましたか？」

「生き返らせなければ。そう思って、カッターナイフで、ロープを切ったんです。心臓マッサージなどをしてみましたが、もう冷たくなっていて……フロントに電話しました」

「カッターナイフというのは、昨晩、柳ケ瀬さんがあなたに向けたものですか」

「そうです。言い忘れましたけれど、私、昨日の夜、柳ケ瀬さんが自殺するといけないと思って、すきを見て自分のバッグに入れて持ち帰ったんです。それがまだ、バッグの中に入っていたので」

麻紀はバッグからカッターナイフを取り出し、見せた。

「お預かりします」

川辺刑事は受け取ると、ビニール袋に入れてポケットにしまった。

「先ほど、このホテルはよく利用されていたと言いましたね」

相馬刑事が訊ねてきた。麻紀はうなずいた。

「高級なホテルはマスコミが勘づきやすいと柳ケ瀬さんがおっしゃるので。ビジネスホテルにしてはお部屋のデザインが洗練されていて、また、各階、東西の突き当たりの部屋は二人部屋になっていますので、柳ケ瀬さんは気に入っていました」

「そうでしたか」

相馬は質問を重ねる。

「客室のドアはオートロックになっていて、カードキーがないと開かないはずですが、今朝、戻ってきたときに三一一号室のカードキーはお持ちだったのでしょうか」

「ああ、それも……」

ここで思い出すのも、計画のうちだった。

「チェックインするとき、いつも二枚、カードキーを渡されるんです。一枚は、ドアを入ってすぐの壁の挿入口に挿してありました。あの、電気の」

「わかります」

「もう一枚は、二時に柳ケ瀬さんが私を追い出すときに、『フロントに返しておけ』って、投げつけたんです。もちろんそのときは返すつもりだったんですけど、私、哀しくて、エレベーターに乗ったときにはもう、忘れてしまったんだと思います。家に帰って、バッグの中を見たら、カッターナイフと一緒に、カードキーが入っていました。……その、カードキーを見つけたことで、私はもう一度、戻ってみる気になったのかもしれません」

「なるほど」

相馬は麻紀の顔をじっと見つめていた。岩のようなごつごつした頭蓋骨(ずがいこつ)がわかりそうなほどのスキンヘッド。彼の目に、疑惑の光が灯(とも)っているように、麻紀には見えた。

何か、余計なことを言っただろうか。

「失礼します」

ドアが開いたことで、空気が緩(ゆる)んだ。二人の刑事が振り返る。入ってきたのは、制服姿の警官だった。

「鑑識のみなさんが到着されました。始めてもらってよろしいですか」

「ああ」

相馬刑事が、そう答えた。

3

日向麻紀の行動には不可解な点が二つある。相馬はそう感じていた。

一つは、カードキーをフロントに戻さなかったこと。もう一つは、発見直後に遺体を降ろしたことだ。しかし共に、気が動転していたと言われれば理由づけになってしまうことである。

彼女を三一〇号室に待たせたまま、相馬は一階に降り、従業員に聴取することにした。

「たしかに、二時を少しすぎたくらいでしたね」

昨晩、夜どおしフロントを担当していた青年は、相馬の質問にそう答えた。

田町久男（たまちひさお）。十九歳の大学生アルバイトだという。緊張をしているのが、相馬にはありありと伝わってくる。けっして広くない事務室の中、刑事と差し向かいでいるという状況が怖いのだろう。

「君は、夜はずっと、フロントにいるのか？」

「ええと……一時まではフロントにいますが、それから六時まではこの部屋で夜どおし、待機しています。フロントのカウンターにある呼び出しボタンが押されたら、出ていって対応するという感じです」

「そのあいだ、ずっとこれを見ているのか」

相馬は、机の上にある監視カメラモニターを指さす。フロント前のスペースと、自動ドアの外が数秒間隔で交互に映し出されている。モニターの脇には、ポータブルテレビが置いてあった。

「朝までずっとは見ていられないですよ。テレビを見たり、漫画を読んだり。眠っていなければいいので、とにかくそんな感じです。昨日はその時間、夜食を食いながらぼんやり見ていたんです。そうしたら、あのお客さんが出ていったのが映ったんですよね」

「はい。キーをフロントに返していかなかったんだよな」

「はい。だから、コンビニかどこかに行ってすぐに戻ってくるのかと。一晩中出入り自由ですから、いちいち理由を訊くこともありません」

相馬は腕を組む。日向の行動の不可解さをつく理由にはなりえない。そのまましばらく黙っていると、

「あの、刑事さん」

田町が言いにくそうに口を開いた。

「何か、思い出したのかい？」

「いや、あの、大したことじゃないし、信じてもらえないかもしれないんですけど……」

煮え切らない言い方だった。

「言ってみてくれ」

「はい」

しばらくもじもじしていたが、

「……いや、馬鹿馬鹿しいんで、やっぱりやめておきます」

田町は恥ずかしそうに笑った。相馬は苛立ち(いらだ)を覚えた。

もともと、若者のこういう歯切れの悪い物言いは嫌いだ。最近の若者ときたら特にそうだ。言いたいことがあればすぐに言えばいいのだ。変に言い淀むから、限界までため込み、爆発して周囲に迷惑をかける。あの、秋葉原の事件だって……。

「いったい、いつまで待ってなきゃいけないんだ！」

扉の外、フロントのほうで怒声がした。

「申し訳ありません。もう少し、もう少し待ってください」

続いて、川辺の情けない声が聞こえる。先月、二十八になったばかりのあいつも「最近の若者」の部類か、と情けなくなる。

自殺の可能性が高いとはいえ、事件性がないと判断されるまでは、宿泊客を外に出してはいけないと相馬が命じ、ホテルの協力を得て足止めしてもらっているのだった。

相馬は事務室のドアを開けた。すぐそこがフロントのカウンターになっており、ロビーが見える。川辺につっかかっているのは、腹の突き出たサラリーマン風の男だった。

「もう三十分も待っているぞ。新幹線の時間に遅れてしまう」

彼と同じようなビジネスマンたちが五人ほどいて、新聞を開いたり、どこかに携帯電話をかけたりしているが、みな一様に、いらついた様子だった。

「すみませんみなさん、お待たせして」

大声を上げながら、得意の睨みをきかせる。一同、特に腹の突き出た彼も、弁慶のような相馬の相貌に怯んだようだった。だがすぐに矛先を相馬に向けてくる。

「あなたこの人の上司ですか？　いったい、何があったんです。私たち、何か、事件に巻き込まれて？」

「私、今日、商談があるので、できればチェックアウトさせていただけると……」

「わたしも、新幹線の時間があるんだ」

他の男たちも続いてくる。相馬は迷った。どうすべきか。自殺ならば、連絡先を聞いて返してもいいが……。

「相馬さん」

フロントを振り返ると、田町が近づいてきた。

「現場の三一一号室から内線が入りました。相馬さんに来てほしいそうです」

「わかった。川辺、みなさんにはもう少し、待ってもらえ」

「ちょっと、相馬さん！」

悲痛な川辺の声と、宿泊客たちの不平の声を背に、相馬はエレベーターへと向かった。

鑑識主任により、相馬は現場に入ることを許された。先ほど入った三一〇号室の二倍ほどの広さで、キングサイズのベッドが二つある、二人部屋だった。ベッドと窓のあいだのスペースには丸いテーブルが一脚、椅子が二脚あり、テーブルの上にはビールの空き缶が三つとコップ、おはぎの箱が置かれていた。もともと八個入りだったものと思われるが、三つぶん、空になっている。

柳ケ瀬修の遺体は、入り口に近いほうのベッドの足元の床に、仰向けに横たわっていた。首に巻き付いたロープは、三十センチほどの長さで切られている。

「どうも、お疲れ様です」

検視官が声をかけてきた。室内では鑑識たちがまだ、動き回っている。

「自殺に間違いないでしょう」

柳ケ瀬の遺体を見下ろし、検視官は言った。こうして全容を見ると、ずいぶん背の高い男だった。検視官はその遺体の首についた筋を指さした。

「ロープ痕がそれを示しています。酔った勢いでロープを天井に括り付け、首を吊ったということでしょう。直腸の温度や死後硬直から見て、死亡推定時刻は午前三時から午前五時のあいだと考えられます。解剖すればもっと詳しくわかります」

「何者かが自殺に見せかけた可能性は」

検視官は意外そうな顔をしたが、すぐに「ないですね」と首をすくめる。

「ロープで人を絞め殺した場合と、首吊りとでは、痕（あと）のつく角度も遺体の脛骨（けいこつ）の状態も全然違います」

もちろん、相馬もその事実は知っていた。ロープでの絞殺（こうさつ）では地面に対してほぼ水平の痕が残るが、自分で首を吊った場合は、顎（あご）の下から後頭部にかけて、地面に対して角度のあるロープ痕になる。また、首を吊った場合には重力に引っ張られて脛骨どうしの間が広がるが、絞殺の場合はこんなことは起こらない。

「遺書がないのが気になりますか？」

見透かしたような視線で、検視官は訊ねた。

「遺書なしで自殺する人だって大勢いますよ」

「それは知っている。だが、これ」

相馬は、テーブルの上のビールの缶とコップを指さした。

「自殺するほど荒れていた人間が、こんなにきちんと並べるか？」

ふーん、と、検視官は長い鼻息を出した。

「首吊りに見せかけて我々を欺（あざむ）くには、地蔵背負いしかありません」

地蔵背負いとは、首にロープを巻き付けた相手と背中合わせになり、ロープを思い切り引いて絞め殺すという方法だ。これなら場合によっては、自分で首を吊ったと見まごうほどのロープ痕が残るというのも、よく知られたことだ。

「しかし、ホトケさんの身長は百八十センチを超えていました。この角度のロープ痕をつけるには、同じくらいの身長がないと」

「踏み台を使ったとしたら？　このベッドか、あるいは椅子か。このテレビ台でも」

「身長の問題はクリアできても、体重の問題があります。体格から見ておそらく、八十五キロはあるでしょう。こんな人を地蔵背負いしたら、肩に擦過傷（さっかしょう）や痣（あざ）が残るか、ひどけりゃ骨にひびが入るかもしれません。万が一、そんなことをした人間がいたとしても、すぐに見つかりますよ」

相馬はうなずき、携帯電話を取り出す。川辺はすぐに出た。

〈はい、川辺です〉

「フロントにいる者の肩を調べろ」

相馬は、検視官とのやりとりでわかったことを川辺に伝えた。

「怪しい傷や痣がなければ、名前と住所、勤め先、携帯の番号を控えて、帰ってもらっていい」

4

茅原京子は第三展示室に入り、正面奥の展示物の前に立った。

午前九時。開館まではあと一時間ある。

黒い壁に囲まれた、無音の空間。床からの照明に照らされ、天井から、藁で作られた縄が垂れ下がっている。見た目は実にシンプルだけれど、人間の恐ろしい創造力がそこにはある。残忍な結び目。そんな言葉が、京子の頭には浮かんでいた。

ここ、荒川区にある《南千住歴史資料館》は、主に江戸時代の刑罰に関する資料を展示している施設だ。

縄がぶら下がっているそばのガラスケースの中には、一枚の絵が展示してある。男が一人、裸にされ、胡坐をかかされ、両手を後ろ手にされたまま、顎が足首にくっつくほどに体を曲げられて固く体を縛られている。そのままの状態で宙に逆さ吊りにされ、顔には苦悶の表情が浮かんでいる。江戸時代に描かれた作者不詳のもので、けっして上手い絵とはいえない。しかし、弱々しい筆遣いで描かれた男の表情は、却って苦しさを如実に伝えているようだった。

海老責。江戸時代に実際に行われていた拷問である。

この男が何を白状しなければならない状況に追い込まれているのか、京子にはわからない。今のような人権思想がない時代、冤罪も多かっただろう。だとすれば……と、胸中にざわざわした黒雲のようなものが広がっていく。どんなに高等な道徳教育を受けていたって、人間の心の中から残酷さは完全に拭い去れるものではないという。今また、自分の中の黒い部分が刺激されたようだった。

――あなた、殺したいほど憎い相手がいますね。

二日前、目の前に現れたあの女性の顔を、京子は思い出していた。

白いワンピース。金髪に碧眼。女性というより、少女といったほうがいいような外見だった。

閉館後、最後の見回りをしにこの展示室を訪れたところ、この海老責の縄に腰かけ、まるでブランコで遊ぶかのように揺れていたのだった。ワンピースの裾から伸びる足には靴下など履いておらず、体の周囲には金色の粉末のようなものが漂っていた。

〝天使〟？　思わずそう口にしてから、何を言っているんだろうと自分を叱咤したくなった。日本史に関する資料館に勤める学芸員が、天使などと……。不審者だ。どこかのパネルの陰にでも隠れて警備員の目をやり過ごし、この時間まで館内にいたのだろう。

あなた、何をしているの。そう咎めようと一歩踏み出したところで、彼女は言ったのだ。

――あなた、殺したいほど憎い相手がいますね。

京子は思わず足を止めた。

――柳ケ瀬修。あなたたちの人生を狂わせた男です。

その男の名を久しぶりに聞いたのは、その日から数えて三日前のことだった。夕食の買い物のために入ったスーパーマーケットで、麻紀と偶然、再会したのだった。何年ものあいだ会っていなかったにもかかわらず、すぐにお互いがわかった。

二人は連れ立って、近くのファミリーレストランに行き、積もる話に花を咲かせた。連絡先を交換して解散、というときになって、麻紀がぽつりと言った。柳ケ瀬の所在を知っている。のみならず、今、愛人をしている。彼は私の素姓に気づいていないようだ。この立場を利用すれば……。

――殺してしまいなさい。

麻紀の顔を回想していると、〝天使〟は言ったのだった。清らかな笑みの消えた顔。二つの碧い目が、京子をじっととらえていた。

殺すなんてできるわけがない。京子の言葉に〝天使〟は首を振った。

苦しめて……。


——麻紀さんの努力を無駄にするおつもりですか。

たしかに、京子だって、殺してやりたいのはやまやまだった。それも、父と同じように
——お父さんと同じ目に遭わせてやればいいのです。

こともなげに〝天使〟は言った。

——私に【アイディア】があります。

ふわりと京子のそばまで舞い降りると、彼女は京子の耳のそばに口を近づけ、ささやいた。あまりに突拍子もない、子供じみた発想の【アイディア】だった。

——大丈夫です。私があなたに、力を授けましょう。

京子の手を取ると、〝天使〟はまた、あの清らかな笑みをうかべた。とたんに、握られている手から全身が熱くなった。

——いいですね。やるのです。柳ケ瀬修を殺すのです。必ず……。

声を京子の耳に残すようにして、〝天使〟はいなくなった。

京子は目の前の絵に意識を戻す。

海老責にされた男の顔に浮かぶ、辛苦と絶望。昨晩、《フィクシー岩本町》の室内で吊り下がっていた柳ケ瀬の死体の顔と重なった。

やったのだ、という実感が、今になってようやくわきあがってきた。

くっ、と笑い声が漏れた。そうなると、止まらなかった。上半身を震わせ、くくっと、喜びをかみしめる。

「茅原さん」

びくりとなる。振り返ると、展示室の入り口に、上司の堂本がいた。

「何、そんなところで一人、佇んで」

「いえ」京子はとっさに言い訳した。「展示物が、正面を向いていなかったので、気になって直していたんです」

笑っていたのを見られただろうか。さぞ、気味が悪かっただろう。

「几帳面だね」

面白くもなさそうに言うと、堂本は事務室のほうへと去っていく。見られていなかったようだ。

冗談の通じない、陰気な女。誰もが京子のことをそう思っているのを知っている。別にそれでいい。

自分をこういう性格にしたあの男を葬ることができただけで、京子は満足だった。

5

午前十時半。三一一号室。

遺体は検視官の付き添いで運ばれていき、鑑識官たちが残された作業をしている。相馬と、宿泊客の対応を終えてやってきた川辺は、遺体のあった場所に立ち、天井を見上げていた。

三一〇号室と同じく、細い鉄骨が縦横斜めに張り巡らされていて、その上に黒い天井と、球形の照明器具が見える。

「おかしな天井ですよね」

川辺が言った。

「照明をつけると、あの鉄骨の影がいい感じになるそうです。デザイナーズビジネスホテルっていって、最近都内でちらほらあるみたいですよ、こういうホテル」

事件の報を聞いて慌ててやってきたマネージャーに、ホテルのことをいろいろ訊いたのだという。相馬が気になっているのはそんなことではなく、梁の一部に結び付けられたロープだった。こちらは十センチほどのところで切られている。

「西田さん」

相馬は鑑識の主任に声をかけた。五十代も後半にさしかかったベテラン。つい最近の通り魔事件でも顔を合わせたばかりだった。

「どうでしょうか。彼は、自殺でしょうか？」

「疑ってるんですか。感心ですね」

独特の言い回しで、西田は口角をあげる。

「検視官も間違いなく首吊りだと言っていました。自殺だろうという印象が強いですね」

断定をしない西田の言い方に、相馬は少し期待めいたものを感じた。

「鉄骨に残されたロープと、遺体の首のロープの切断面は一致していますか？」

「詳細は調べないとわかりませんが、共にカッターナイフと思われます。おそらく一致するでしょう」

相馬は腕組みをして、そのロープを睨みつける。

「西田さん。私も首吊りの現場は何度も経験しています。第一発見者が遺体を降ろすということはたまにありますが、女性が一人で、というのはあまりない気がします。どう思いますか」

この一点、相馬はどうも引っかかるのだった。西田は少し考えたが、「たしかに」と答えた。

「経験上、ないかもなあ。しかし、遺体発見時の反応なんて人それぞれですからね。私の専門は科学的分析。人間心理のことはわかりません」

「遺書がなかったり、テーブルの上の空き缶がきちんと並べられているというのも、気になるんですが」

「人間心理のことはわからないというのに」

西田は苦笑した。

「しかし、わからないついでに言っておきましょう。このコップですがね」

西田が指さしたのは、テーブルの上だった。ビール缶の横に、部屋に備え付けのコップが二つ並んでいる。一つは柳ケ瀬、もう一つは日向が使ったものだろう。

「繊維が付着しているんです、たくさん。まるで布にくるまれたかのように」

「どういうことでしょうか？」

「わかりません。客が入った時には洗ったものを置いておくでしょうから、ホトケさんが布にくるんだか、あるいは」

「誰か別の者がくるんだか。しかし、なぜ？」

「わかりませんねえ。それから、このおはぎ。あんこの状態を見るに、一度出したあと、また箱に戻されているみたいですね」

「なんで、そんなことを？」

「食べようとして一度出したものを戻したか。これも、詳しく調べますか？」

「お願いします」

「そんなことをして、何になるんですか」

川辺がまだるっこしそうに口を挟んだ。

「コロシを疑っているんですか。……まさか、日向麻紀を疑っているとか」

相馬は川辺のほうをちらりと見たが、何も言わなかった。

「冗談でしょう。彼女に地蔵背負いなんてできませんよ。それに、死亡推定時刻の午前三時から五時といえば、彼女は目黒の自宅に帰ったあとじゃないですか。そのあいだ、フロントの防犯カメラにも彼女の姿は映っていないし、昨日使ったタクシーもすぐに見つかるはずです」

「もし、あらかじめ日向麻紀の協力者が、ホテルに宿泊していたとしたらどうだ？」

川辺はきょとんとした。

「協力者は日向が二時に帰宅したあと、この部屋にやってきて柳ケ瀬にドアを開けさせた。地蔵背負いで柳ケ瀬を殺し、ロープを切って片方をああやって鉄骨に結び付け、遺体はここに寝かせておく。日向は計画通り八時に再訪して遺体を『発見』し、自分がロープを切ったと証言した」

「なんでそんな回りくどいことをするんですか。地蔵背負いができるくらいの腕力の犯人なら、首吊りに見せかけることだって可能だっただろうに」

「さあな。いずれにせよ、可能性は潰しておかなきゃならん」

「怖い顔をして、細かいんだから。刑事向きですよ、相馬さんは」

西田が笑った。

「相馬さん」

ドアが開いた。男一人に、女一人。それぞれ、島原、木倉という署の若手だった。応援に何人かよこすように、署に電話を入れておいたのだった。相馬はこれまでのことを二人に簡潔に述べた。

「島原。お前は、フロントの宿泊者カードをチェックして、八時より前にチェックアウトした客に連絡を取り、架空の名前や連絡先を書いた者がいないか探してくれ」

「わかりました」

「木倉。お前は、三一〇号室に待たせてある日向の肩に、痣がないか調べるんだ」

「はい。女性じゃなきゃできませんものね」

「重要なのはそのあとだ。日向にもう帰宅していいというんだ。そして、気づかれないように尾行しろ」

「尾行ですか」

「そうだ。もし協力者がいるなら、連絡をとる可能性が高い。俺と川辺は他の関係者をあたる。何かわかったら、連絡をくれ」

「はい」

島原と木倉は、口をそろえた。

6

昼休みになった。京子は、職場近くの公園のベンチに座り、コンビニのビニール袋を膝(ひざ)の上に置いた。曇(くも)り空のためか、園内には人がいない。広い公園だ。池があり、その向こうには木が生(お)い茂(しげ)っている。

はるか遠方に、このあいだまではなかった大きなビルが建てられていた。来月オープン予定の大型ショッピングモールだという。どうせ行くことはないので、京子には関係ない。

膝の上のビニール袋に目を落とす。いつもは自宅で作ってきたものを持ってくるが、今朝はさすがにそんな余裕がなく、寝坊してしまった。昼食など抜いてもいいと思っていたが、こんな日に限って妙に空腹を感じた。

午後は、来週に控えている中学生たちの施設見学の事前説明会がある。妙な真似をするわけにはいかないので、少しは胃袋を満たしておかなければならない。普段行かないコンビニエンスストアへ入り、プラスチック容器に入った小ぶりのおにぎりが三個とから揚げ、卵焼きが入ったセットを買った。割りばしでおにぎりを挟み、口へ運ぶ。

不意に、携帯電話が震えた。「公衆電話」と表示されている。麻紀だ——とっさに判断した。

もう一度周囲を見回し、人影がないことを確認してから通話ボタンを押す。

「もしもし?」

〈お姉ちゃん? 今、大丈夫?〉

「大丈夫。今は昼休みで外にいる。周りに誰もいないわ」

〈そう〉

「そっちは? 事情聴取はどうだったの?」

〈予想外のことも訊かれたけれど、うまくやったと思う。解放されたのは、一時間くらい

前かな。電車を乗り継いで、板橋まで来て、住宅街の中で見つけた公衆電話からかけてる〉

板橋。現場の岩本町からまるで離れたところだ。もちろん、京子、麻紀、どちらの勤め先や住まいからも離れている。連絡を入れるときは、どちらにも縁もゆかりもない場所の公衆電話からにしなさい——京子の言いつけを麻紀は忠実に守ったのだった。

「警察は、柳ケ瀬の自殺を疑っているようだった？」

〈いや、たぶんそんなことはないと思う。けど、連絡先は訊かれたわ。ひょっとしたらまた、質問したいことが出てくるかもしれないって〉

「警察はそうするものよ」

〈でも、また本当に来られたらどうしよう。緊張しちゃう〉

「大丈夫。堂々としていなさい。それから、今後しばらく、言動にも気をつけなさい。愛人を自殺で失ったショックを理由に、しばらくは仕事を休んだほうがいいかも」

〈うん、わかった〉

しばらく、二人のあいだには、沈黙が流れた。

〈……ねえ、お姉ちゃん〉

「何？」

〈あいつ、死ぬとき、どんなだった？〉

「どんなだった、って……あっけなかったわ」

罪人たちの苦悶の表情に囲まれた職場。そんな環境にいるからこそ、京子にとっては、あっけなく感じられたのかもしれない。柳ケ瀬が絶命する瞬間は、冷静に迎えられた。体がびくんと震えるような反応はあったものの、ことが済んだあとはただの無の時間だった。こんなものか、と思った。

〈私、見たかったな。あいつが苦しむところ〉

麻紀は言った。

「そんなこと、言うもんじゃないわ。あなたは気が弱いから。あんなのを見たら、警察に何か余計なことを口走ってしまっていたかもしれない」

〈それもそうね〉

何の感情もなく妹は言うと、乾いた笑い声を漏らした。

直後、京子はどきりとした。公園の裏口から、半袖ワイシャツにスラックス姿の堂本が入ってきたのが見えたからだ。事務室を出るとき、彼はまだ書類処理をしていたが、昼食に出てきたものと見える。そういえば、この公園を突っ切った先にある蕎麦屋によく行っていると、前に言っていたっけ。

「じゃあ、切るね。早く家に帰りなさい」

返事を待たずに京子は通話を切った。堂本は京子に気づき、笑顔で軽く右手を上げると、特に何も言わずに、目の前を通り過ぎていった。

7

竹内一朗太は、世田谷区下馬の自宅にいた。柳ケ瀬死亡についてはすでにニュースで報じられており、多少戸惑っている様子を見せたが、自殺の理由については「思い当たることはない」の一点張り。片貝建設の名前まで出したが白を切りとおされた。

「本当に口の堅い男ですねえ」

竹内邸をあとにし、警察車両に乗り込んだところで、川辺がぼやいた。

「竹内の他の秘書をつついてみますか」

「すぐにぼろを出すような人間を秘書にはしないだろう。まあ、もとより汚職事件をほじくるのは俺たちの得意分野じゃないってことだ」

「じゃあ、どうするんですか。やっぱり柳ケ瀬は自殺ということに落ち着くんですか？」

「そうは言っていない。まだ、聴き込みをかけるべきところはあるだろう」

「どこです？」

携帯電話が鳴った。島原からだった。

〈相馬さん。宿泊者カードの客の身元を調べました。昨晩、ホテルに宿泊したのは全部で四十六名。柳ケ瀬と日向以外はすべてシングルルームの客です。そのうち、八時までにチェックアウトしたのは二十名でした〉

「それで、結果は？」

〈はい。一名だけ、まったくでたらめの住所と電話番号を記した客がいました。ナカヤマカゲコという名前でチェックインしています。大中小の『中』、山手線の『山』、景色の『景』に『子』どもです。筆跡をごまかしたようなカクカクした字です。チェックインは十七日の午後六時三十分ごろ。当該時刻のフロントの防犯カメラの記録を見ましたが、ニット帽を深くかぶり、長袖を着た女性でした。顔は確認できません〉

「女？」

想定外だった。六月のこの時期にニット帽と長袖というのは怪しい。その女が協力者であるのは間違いないだろう。だが、地蔵背負いなどできるものだろうか。

＊

安中容子の住まいは、江東区大島のマンション《ライノーズハイツ大島》の一室だった。１ＬＤＫ、一人暮らし。室内はこざっぱりしているが、ソファーの前のテーブルに散乱している新聞紙だけが生活感を漂わせている。窓際には胡蝶蘭の鉢植えが三つも並び、赤坂に店を持つ女性らしいと相馬は思った。

「さっきニュースを見て、びっくりよ」

化粧けはないが色香を感じさせる目を見開き、安中は言った。

「柳ケ瀬さん、昨日、お店にいらしたばっかりだから。ねえ……」

「さっそくですが……」と相馬が話を切り出そうとすると、

「やっぱり、第一発見者って、麻紀ちゃんなのよねえ？」

遮るように質問を投げてきた。

「お店では『聖子』っていう名前で出てもらっているけれど、日向麻紀ちゃん。ニュースを見てから二回くらい電話をかけたのよ、私。でも電源が入ってないってね」

相馬はうなずき、日向が証言したことを一通り彼女に聞かせた。ただし、片貝建設の一件は伏せておいた。

「それは麻紀ちゃんもつらいわよね。あの子に責任はないけれど、やっぱり、自分が帰らなかったら柳ケ瀬さん、死ななかったかもしれない、って思っちゃいますものね」

心底(しんそこ)気の毒だ、というのが顔に表れていた。日向への疑惑はもちろん口に出さず、相馬は安中に、昨晩の柳ケ瀬と日向の行動を確認した。日向の証言と相違(そうい)するところはなかった。

「柳ケ瀬さんと日向さんがお付き合いしていたことはご存じでしたか?」

「そりゃ、私だけじゃなく、お店の子はみんな知っていますよ。一応、そういうのはダメっていうことにしているから、他のお客さんには知られないようにしてねって釘(くぎ)をさしていたけれど」

「柳ケ瀬さんが自殺した原因について、心当たりはありますか?」

「さあねえ、昨日はいつもより酔ってらしたようだけど、楽しそうでしたよ。竹内先生がいらっしゃらないぶん、羽を伸ばしてらしたんじゃないかしら」

「自殺するようには見えなかった、と」

「そうですねえ……ええ」

自分を納得させるかのように、安中はうなずく。柳ケ瀬には、自殺する動機などなかった。もしそうなら、やはりあれは他殺なのではないか。

「日向麻紀さんは、どんな方ですか？」

相馬は、質問を変えた。日向麻紀の協力者につながる情報を引き出そうという意図だった。

「どんな、と申しますと？」

「お店に勤めはじめてどれくらいでしょうか」

「もう、五年になりますかしら」

二十八歳になると、日向は言っていた。

「その前は何をされていたか、ご存じですか？」

「別のお店で働いていたと聞きますよ。十九の年からやっているって言ってました。本当は、大学に行きたかったけれど、やむを得ない事情で断念したんだそうです」

「やむを得ない事情？」

安中は口をつぐみ、相馬の顔を見つめたが、

「もともと東京で生まれ育って東京の高校に通っていたけれど、三年生の春に、お父さんが自殺したんだそうです」

「自殺……」

「ええ。一家は離散して、麻紀ちゃんは、たしか栃木のどこかだったと思うけれど、お母さんの実家で暮らすようになったそうです。高校も中退をして、それ以来行かなかったそうです」

「中退、ですか」

メモを取っていた川辺が意外そうな声をあげた。

「何もやめなくてもよさそうなものですよね。栃木県内の高校に編入だってできそうですけれど」

「そこのところは私も詳しく訊かなかったけれど、店の女の子が噂していたことによると、お父さん、ちょっと世間から非難の目で見られるようなことをした方だったんですって。それがご実家の地元にも広まってしまって、編入もあきらめたそうよ。学習意欲も削がれて、大学進学をあきらめたみたい」

柳ケ瀬の死との関わりがある。——自分の勘がそう告げるのを、相馬は感じた。

「四つ上のお姉さんは、大学を卒業したみたいだけれどね」

「日向さんには、お姉さんがいるんですか？」

安中はうなずいた。

「事件以来、すっかり離れ離れになって会ってもいないって。どういう事情か、連絡先も知らないんですって。そういうのは、警察の方だったら、調べられるんじゃないのかしら」

たしかに、調べてみる価値はある。

そのとき、携帯電話が震えた。安中容子に断り、相馬は出た。

〈木倉です〉

「どうだ。何かおかしな動きがあったか？」

安中の手前、日向の名前を出すのをためらった。木倉はそれを察した。

〈おかしすぎます。現在、板橋にいます〉

「板橋だと？」

日向の自宅は目黒のはずだ。秋葉原駅から山手線に乗った日向は目黒とは逆の内回りに乗り、池袋駅で下車した。埼京線に乗り換え、板橋で下車したというのだ。

〈改札を出て、しばらく歩いて、住宅街の一角にある電話ボックスに入り、誰かに電話をしています。……あっ。受話器を置きました。周囲を確認しています。……再び、駅に向かっています〉

「よし、そのまま尾行しろ。電話ボックスの位置は忘れるな。あとで、通話記録を確認するんだ」

〈わかりました〉

8

二人組の刑事が京子のところへやってきたのは、柳ケ瀬の死から二日後のことだった。第三展示室、海老責の縄の前で、利用者向けの資料を整理していると、背後から「茅原京子さんですね」と話しかけられたのだった。

「お忙しいところ、申し訳ありません。万世橋署から参りました、相馬と申します。これは、部下の川辺です。お訊きしたいことがありまして」

はあ、と気のないふうの返事をしたが、心臓は早鐘（はやがね）を打ち始めた。

「事務室のほうへ参りましょうか」

「すぐに終わりますからここで結構です」

誰か利用者が来るかもしれませんから。その言葉を京子は飲み込んだ。土日だって二十人いれば多いほうだ。こんな小さな資料館、平日の昼間などガラガラだった。

「柳ケ瀬修さんという方をご存じですね？」

相馬という、スキンヘッドのほうが訊ねた。

「いえ、知りません」

「おや、おかしいな」

　相馬は傍(かたわ)らにいる川辺を振り返る。川辺が補足した。

「今は、竹内一朗太議員の公設秘書ですが、以前には直野(なおの)茂(しげる)元議員の私設秘書をお務めになっていたそうです。あなたのお父様は当時、直野元議員の秘書だったそうですが」

「ちょっと待ってください」

　警察は単純に自殺とは判断してくれなかったらしい。そればかりか、京子とのつながりまでほじくりだした。楽観主義に走っていた自分を、責めたくなる。

　ここは、認めたうえでとぼけるのがいいだろう。

「思い出しました。柳ケ瀬さん。でも、私、父の仕事のことはよくわからなくて。お会いしたこともあったかどうか」

「そうでしたか。ということは、その柳ケ瀬さんが亡くなったこともご存じない？」

「亡くなったんですか」

「ええ。岩本町のビジネスホテルで遺体で発見されました。ニュースでも報道されたと思いますが」

「すみません、ニュース、見ないんです。新聞も読まなくて」

事実だった。日本史専攻の学生時代から、世の移りごとには興味がない。資料館に勤めているのも、世の中の事情に疎くても問題ない職場だからだった。

「それで、どうして私のところに？」

「遺体は首をくくった状態で発見されました。初めは自殺の線が濃厚でした」

「自殺」

でした、という言い方が気になった。

「はい。竹内議員はある収賄事件にかかわっており、その責任を秘書である柳ケ瀬さんに押し付けようとしていたようです。それに絶望して、自ら命を絶った……と」

「そういうことでしたか」

「しかし、その可能性が怪しくなってきたんです」

京子はどきりとした。どういうことなのだろう。

「竹内議員の奥さんによりますと、柳ケ瀬さんは収賄に関する談合の音声テープを持っていたそうです。そこには柳ケ瀬さん以外の秘書や、竹内議員の音声も記録されていました。柳ケ瀬さんは自分だけが罪をなすりつけられないように、先手を打っていたということです」

何という男だろう……。相馬はぎろりとした目で京子を捉える。

「汚職は私たちの専門外です。しかし、これで重要なことが一つわかりました。柳ケ瀬さんには、自殺する動機などなかった」

死してなお京子を苦しめる柳ケ瀬が、心底憎くなった。

「しかし、わかりません」

感情を押し込め、京子は言った。

「どちらにしても、私には関係のないことですから」

「そうでしょうか?」

疑い深そうな相馬の目。京子が黙っていると、横で川辺が話をはじめた。

「直野茂の話になりますが、彼は十年ほど前、地元群馬の河川(かせん)の護岸工事に関する収賄事件を起こしています。このとき責任を負って自殺したのが、公設秘書だった茅原良二(りようじ)。あなたのお父さんでした。間違いありませんね」

「ええ……」

「事件を担当した刑事が、まだ群馬の所轄署(しよかつ)にいて、話を聞くことができました。汚職に手を染めていたのは良二さん一人ではない可能性があった。ところが良二さんの自殺によってすべて事件は解決したことにせよと、当時の県警トップが現場に要請したそうです。県警のえらい人間と、直野元議員にはつながりがあったんですね」

話の主導権はいつのまにか、川辺に握られていた。相馬のほうは後ろ手を組み、展示物のほうを見ている。

「それで、そのとき、良二さんに罪をなすりつけたのが、同じく直野元議員の秘書だった柳ケ瀬なのではないかと。ただ確たる証拠が見つけられなかったということでしたね」

「わかりません」

「担当刑事はそのことを良二さんの遺族、つまり、あなたにも話したと言っていましたが」

「当時のことは、思い出したくないんです」

もう何も話さないという態度を見せた。川辺は困ったように京子の顔を見ていたが、

「妹さんがいますね」

そう舵(かじ)を切った。

「直野元議員の事件のあと、地元にいづらくなったあなたのお母さんは茅原家と離縁し、妹の麻紀さんを連れて東京へ行った。当時すでに大学の卒業を控えていたあなただけは茅原の姓を捨てなかったということですが」

「そうですが」

「柳ケ瀬さんのご遺体を発見したのは、麻紀さんなんですよ」

「えっ」

驚いたという表情を作る。

「最近、妹さんには？」

「会っていません。母が、私に迷惑がかかるから連絡は一切取らないと言っていました。なので、連絡先も知りません」

携帯電話には連絡先は入っていない。もし見せてくれと言われても大丈夫だ。麻紀との通話記録は削除したし、電話会社に問い合わせても公衆電話の記録が残っているだけだろう。

川辺は携帯電話のことには触れず、麻紀が赤坂のクラブで働いており、柳ケ瀬と付き合っていたこと。事件当夜、直前まで一緒にいたが柳ケ瀬に追い出されて自宅へ帰ったことなどを、話した。

「妹さんは、柳ケ瀬さんがかつて茅原さんと同じ直野の下で働いていたことを知りませんでした」

「ええ、そうだと思います。あの子、まだ高校生でしたから」

「そうでしょうか。自分の父親を自殺に追い込んだかもしれない相手と、知らないうちにクラブの客として再会し、交際にまで発展する確率はどれくらいでしょうね」

「妹が、自分から柳ケ瀬さんに近づいたとおっしゃるんですか？　でも、それって何の罪にもならないですよね。柳ケ瀬さんの自殺に、妹は責任がないでしょう？」

「ええ」

川辺は答えながら、話をはぐらかされた、とでも言いたげな表情だった。気まずそうにペンを弄びはじめる。もう質問は重ねてきそうにない。

「怖いですね、これ」

突然、低い声がした。相馬が、海老責の縄を見上げながら言ったのだった。

「江戸時代には、こんな拷問が行われていたんですか。今、こんなことをしたら、人権問題でとんでもないことになる。海老責。いったい、どうやって縛るんですかね」

「……そこに、持ち帰り用の資料がありますから」

傍らの棚を指さすと、相馬は積まれているA4サイズの資料を一枚取り、目を落とした。読んでいないのは明らかだった。

「十七日の夜から十八日の朝にかけて、どちらにいらっしゃいました？」

資料から目を離さず、相馬は訊ねた。

「はい？　なぜ私のことをお訊ねになるんです？」

「報告書に記載しなければならないんですよ。変な意味はないので、お答えください」

「自宅にいたと思います」

「確実ですか」

「十七日は火曜日ですね。平日はいつも午後五時の閉館後は六時まで事務作業をして帰宅します。食事、入浴をして就寝。それだけです」

「証明できる人は？」

「一人暮らしなので、いません」

「わかりました。川辺、記録しておけ」

そう言うと相馬はじっと、京子の顔を見つめていた。何かを切り出しそうで、沈黙を続けている。

だんだん、耐えられなくなってきた。

「まだ、何か？」

「……いえ、こちらからは。茅原さんのほうからは何か、ないですか」

意味がわからなかった。なぜ、こちらから刑事に訊ねることがあるというのだろう。

「妹さんの、連絡先。お聞きになりたくないんですか」

「えっ」

「だってそうでしょう。別れて以来、ずっと連絡を取り合っていない妹さんです。今どこでどうしているのか、気になりませんか」

「あ、ああ……そうですね。気が動転していまして」

「だいぶ落ち着かれているように見えましたが。川辺、妹さんの連絡先を茅原さんに」

はい、と言って、あらかじめ麻紀の住所と電話番号を書いてあったメモを渡される。頭が真っ白になりそうになる。相馬のほうへ顔を向けることができない。いや、今が正念場だと思いなおす。この状況で、普通、ここで言わなければならないことは……。

「私の連絡先も、麻紀に教えてもらえますか」

「ええ、もちろん。適当な紙がないんで、こちらに、お書きいただけますか」

さっき棚からとったばかりのA４資料を、相馬は差し出してきた。川辺からペンを借り、棚の空きスペースを使って住所と連絡先を記す。文字が乱れることはなかった。

「ありがとうございました。ではまた何かあったら、連絡させていただきます」

不気味な笑顔を残すと、相馬は川辺とともに展示室を出ていった。

京子はしばらく、立ち尽くしていた。麻紀のアリバイを確実にするため、京子は自分のアリバイを犠牲(ぎせい)にした。万が一、彼らが真相にたどり着いたとしたら……。いや、そんな馬鹿なことはない。

「ずいぶんと鋭(するど)い人たちでしたね」

はっとして振り返る。

海老責の縄に、〝天使〟が両手でぶら下がっていた。

「大丈夫よ」

京子は自分に言い聞かせるように言った。

「あの【力】を使わなければ、どうやったって、私には柳ケ瀬の体を吊るすことはできない」

そしてその【力】に、彼らがたどり着くことは絶対にない。なぜなら――、あんなことは、常識では考えられないのだから。いくら京子を犯人に仕立て上げようとしたって、彼らには柳ケ瀬の自殺と結論づけるしか選択肢はない。

「そうですね」

〝天使〟はにこりと微笑(ほほえ)んだ。まるで、柳ケ瀬に刑罰を与えた京子のことを、天の恵みとともに称(たた)えてくれているようだった。

9

茅原京子が住所を書いた紙を川辺に託し、相馬は《フィクシー岩本町》へと足を運んだ。自動ドアを抜けると、フロントには有安純平が立っていた。

「いらっしゃいませ」

恭しく頭を下げたあとで、有安は軽く微笑む。

「田町なら、先ほど出勤しましたよ。今、着替えています」

事件から二日。ホテルは三一一号室のみ使用禁止だが、それ以外は通常営業を許していた。

有安はホテルのマネージャーである。まだ二十六歳だといっていた。柳ケ瀬が死ぬ前日から休みを取っていたが、事件の報を受けて十八日の午前中にホテルにやってきていた。ずいぶん若いんだな。初めて会ったときに思わず相馬が言うと、「雇われ店長みたいなものです」と人懐こそうな笑顔を返した。

やせ形で、一見朴訥そうだが話がうまく、相馬の強面にも臆することはなかった。受け答えは礼儀正しく、質問にも、要領を得た的確な返事をする。相馬はこの男に、好感を持っていた。事件当夜の彼の足取りも調べたが、特に怪しいところはない。

「いいんだ。現場を見せてほしい」

「少々お待ちを」

有安はカウンターの下からカードキーを取り出した。三一一号室はもちろん事件以来使用されることがないが、三階の他の部屋は通常営業をしているので、規制線は取り払ってある。ドアももちろん閉めてあるので、出入りにはカードキーを受け取る必要があるのだった。

「柳ケ瀬さん、自殺じゃないですよね」

相馬にキーを差し出しながら、有安は声を潜めた。

彼は、柳ケ瀬の自殺を疑っている唯一といってもいい関係者だった。礼儀正しさと人懐こさの同居した性格で、ホテルを逢引の定宿としていた柳ケ瀬にも気に入られていたようだ。有安に恋人がいないことを知った柳ケ瀬は知り合いの社長の娘に紹介したいと言い、これに乗り気になった有安も、七月の勤務予定表を柳ケ瀬に渡したばかりだと証言していた。

つまり、その社長令嬢との会合の約束を果たす前に柳ケ瀬が自殺するなどありえないというのが彼の主張なのだった。

「ああ、証明するから待っていろ」

相馬の返事に、有安は満足そうにうなずいた。

三階へ上がると、廊下は暗く静まり返っていた。カードキーを通して、三一一号室の扉を開く。室内は柳ケ瀬が発見されたときのまま、保存されている。遺体のあった場所には、白いテープが貼られていた。

その傍らに立ち、相馬は天井を見上げる。梁のように渡された金属棒に結び付けられたロープ。切断面はきれいなものだった。あそこに吊り下がっていた柳ケ瀬の遺体を、日向麻紀はロープを切って降ろしたという。実際には落としたといったほうが正確だろう。

ふと思い立ち、相馬は柳ケ瀬が倒れていた場所に寝転がってみた。絨毯(じゅうたん)の毛が頬(ほお)を刺す。

視線の先にはベッドの脚。黒い木製のベッドだが……。

「ん?」

相馬はようやく、二日前から抱いている違和感の正体に気づいた。木製のベッドの脚にL字型の金具がつけられ、ねじで床に固定されているのだ。起き上がって確認してみると、四本の脚のいずれも、そうだった。

ビジネスホテルのベッドとはそういうものだろうか。いや、そもそも脚があるベッドが珍しいような気さえする。

「失礼します」

ドアのほうで声がした。

廊下から顔をのぞかせているのは、柳ケ瀬が死んだ夜にフロントを担当していたあの青年、田町久男だった。

「入ってもいいでしょうか。一つ、お話があるんです」

「こっちもちょうど、訊きたいことがあったところだ」

田町はひょこっと頭を下げ、入ってきた。ドアは勝手にしまった。

「すぐ終わるから、こっちの質問からでいいか」

「はい。どうぞ」

「このベッドの脚は、なぜ床に固定されているんだ？」

「ああ、それは、デザイナーさんの指定だと聞いています。ベッドもこの台も、その人がデザインしたもので、配置もこだわっていて、動かさないようにと」

見ると確かに、テレビの載っている台も、床にL字金具で固定されていた。ふと、何かを感じた。これが固定されていることが、何か関係があるのではないだろうか……。

「あの」

田町が何か言いたげに、相馬の顔をのぞいていた。

「すまない。少し考え事をしていたんだ。そっちの話というのは？」

「はい。一回は言うのをやめたんですけど、やっぱり言っておこうと思って。あの夜のことです」

十八日の聴取のとき、彼が何かを言いかけてやめたことを、相馬は思い出していた。

「夜中の三時くらいだったかと思います。事務室の扉の外、つまり、フロントから何か音がした気がしたんです。とっさにモニターを見たけれど何も映っていなくて、でも、何か倒れていたらいけないと思って、フロントに出てみたんですよ。そうしたら、自動ドアを〝白いワンピースを着た女〟が出ていくところだったんです」

「〝白いワンピースの女〟？」

「はい。チェックインしているお客さんじゃないと思ったんで、不正利用者かと思って、声をかけました。そしたら、振り返って、にこって笑いました。そしてまた、向こうを向いて、出ていったんです。金髪で、青い目をしており、年齢は十七歳くらいでした」

「十七歳？　未成年か。ホテルの客じゃなかったんだな？」

「はい。というか……」田町は逡巡するような表情を見せた。「俺、会ったことあるんです、その女に。幼稚園のころなんですけど」

田町が何を言っているのか、相馬にはわからなかった。

「信じてもらえないと思いますけど、最後まで話させてください。俺、当時、千葉の船橋に住んでて、その幼稚園では、いつも帰りの会の前にみんなで歌を歌うんです。ある日、その歌の最中に、一気にみんなが止まっちゃったことがあるんですよ」

それはまるで、ビデオのストップモーションを見ているようだった、と田町は言った。教室全体の歌声が止まり、皆、口を開けたまま静止していたのだという。ただ、オルガンの音だけは続いていた。

「オルガンを弾いてたさなえ先生だけは止まってなかったんです。で、さなえ先生もその状況に驚いたようで、オルガンを弾くのをやめました。俺だけが動いていることに、さなえ先生は気づいていないみたいでした。話しかけようとしたとき、俺たちのあいだからすっと、あの女が立ち上がって、先生に向かっていったんです。〝白いワンピースの女〟です」

その後、さなえ先生と女がどんな会話をしたのかは憶えていないらしい。ただ、女は先生の手を取り、祈るように目をつむった。

「気づいたら、みんな普通に歌ってて……さなえ先生だけぼーっとしていたから夢じゃないと思うんですけど、すぐに先生は我に返ってオルガンを弾きはじめたんじゃなかったかな。俺もなんとなく、そのことを誰にも言えず……このあたりは、よく憶えていません」

まるでファンタジーのような話だった。だが相馬は、聞き入ってしまっていた。というのも、似たような話を、どこかで聞いたことがある気がしていたからだった。

「怖いのは、そのあとなんです」

田町は話を続けていた。

「幼稚園バスの運転手さんが、幼稚園の裏口のところで死んでしまったんですよ。それで、刑事が来ていろいろ調べて……そのあと、さなえ先生も死んじゃったんです」

「待て。話が見えない」

「すみません」

「なぜ、さなえ先生は死んだんだ？」

「ええと……小学校に進んでから聞いた話だと、バスの運転手さんは実は他殺で、犯人はさなえ先生だったっていうんです。なんでさなえ先生が運転手さんを殺さなきゃいけなかったのかはわからないんですけど、殺し方が特殊だったって。電気を使って、運転手さんを感電させたんじゃないかってことでした」

「感電……」

「はい。でもさなえ先生には電気を扱えるほどの知識はなかったそうです。俺、それを聞いたとき、直感したんですよ。あの〝白いワンピースの女〟が手を握った瞬間、さなえ先生が【電気を出す力】を授かったんだと」

田町の顔にははっきりと、恐怖の表情が浮かんでいた。

「刑事は事件現場の幼稚園の裏口でさなえ先生を問い詰めたみたいです。ちょうどそのとき、塀を隔ててすぐの道路で、バイクと大型トラックが衝突して、バイクが塀を越えて飛んできたんです。さなえ先生はそのバイクの下敷きに……」

　そんな偶然があるものだろうか。

田町の青ざめた顔。――ひょっとしたら事故は偶然などではなく、さなえ先生は何者かの手で始末されてしまったのかもしれない。

　そんな考えを抱いているようにも見える。柄にもなく、相馬も背筋が寒くなった。

「俺、この話は言っちゃいけない気がして、ずっと秘密にしていたんです。でもそのうち、夢だったんじゃないか、幻想だったんじゃないかって思うようになって、ずっと忘れていました。ここ七、八年は思い出したこともありません。それなのに……」

　再会したことで、はっきりと思い出したというのだ。

「話を十七日の夜に戻そう」

　相馬は、寒気を振り払うように、言葉に力をこめた。

「フロントで声をかけたのは、その、君が幼稚園の頃に見た、〝白いワンピースの女〟だったというんだね」

「はい。間違いないです。あの横顔。あの微笑み」

「年恰好は変わらなかったのか」

「そうなんですよ。あれから十何年も経ってるっていうのに、同じく十七歳か十八歳かくらいの見た目で。……すみません。やっぱり信じないですよね、こんな話」

「いや」

相馬の言葉が意外だったのか、田町は顔を上げた。

「その女について、他に何か知らないのか」

「知らないです。正確には……あ、いや……そうだ。刑事さんなら、話を聞けるかもしれない」

「どういうことだ?」

「さっき、『人づてに聞いた』って言いましたけど、じつは、あのストップモーションのときに居合わせた、幼稚園の同級生から聞いたんですよ。矢島律花っていうんですけど」

記憶の糸に何かが引っかかった。

「園のみんなが止まっていたとき、矢島も止まっていなかったそうです。俺は気づかなかったし、たぶんさなえ先生も気づいていませんでした」

「矢島、律花」

「たしかあいつのおやじさん、刑事だったはずですよ」

10

相馬が川辺と落ち合ったのは、それから二時間後、署のデスクでのことだった。筆跡鑑定の結果は、予想通りだった。そのほか、補強証拠も集まっている。柳ケ瀬は殺害された。実行犯は茅原京子で間違いないだろう。

ここまで確信に至ったにもかかわらず、相馬の気分は晴れなかった。殺害方法がはっきりしないということもある。しかしそれ以上に不可解なのは、やはりあの女の存在だった。

「いやなことを、思い出させますね……」

前髪をさわりながら、川辺は顔を歪(ゆが)ませた。

「たしかに俺が井川(いがわ)さんや高森(たかもり)さんに聞いたのと同じですよ。金髪碧眼で、十七歳くらいの、〝白いワンピースの女〟」

川辺が万世橋署の刑事課に異動してきたのは、三年前のことだ。相馬が〝白いワンピースの女〟について聞いたのは、歓迎会の飲みの席で、川辺の口からだった。そのときは単なるたわごとだだと、聞き流していた。

「その女について、もう一度、聞かせてくれないか」

「……わかりました」

井川、高森というのは、川辺が以前所属していた、亀有署の先輩刑事の名だそうだ。

アメリカの同時多発テロ事件があった年だというから、二〇〇一年のことだ。

十月、亀有署管内の柴又の住宅街にヘリコプターが墜落する事故が起きた。巻き込まれて焼死した遺体の中に一つ、身元不明のものがあった。上司の井川とともに高森はその遺体について調べることになり、当時まだ二十代の前半だった川辺は、関係者の携帯電話の通話記録について携帯電話会社に問い合わせる役目を担ったのだった。

その捜査の過程で川辺は高森から、〝白いワンピースの女〟について聞いたのだった。

「矢島律花。当時警部補として船橋東署にいた矢島正成さんの娘さんです。高森さんはその子から聞いたと言っていました。『〝白いワンピースの女〟は、私の周りの人を殺人者にする』……って。その直後ですよ。高森さんが死んだのは」

井川と高森は、被疑者の大学生を、下宿近くのガソリンスタンドで追い詰めた。被疑者は逆上し、高森にガソリンを浴びせて馬乗りになり、自らもガソリンをかぶった。二人は、炎上した。

「発火元は携帯電話だった、と井川さんは言っていました」

「携帯電話？」

相馬は訊き返す。

「なぜ携帯電話から火が出るんだ？」

「わかりませんが、井川さんは〝天使〟のしわざだろうって……」

川辺の顔は青ざめていた。

「〝天使〟っていうのは、〝白いワンピースの女〟のことか？」

「井川さんはそう呼んでいました」

川辺は答えた。

「〝天使〟は人間に、不可解な【力】を与える。井川さんも見たそうなんです。燃える高森さんと被疑者のすぐそばの車の上に、その女が座っているのを。『予定されない業火(ごうか)』……うわごとのように、井川さんは言っていました」

予定されない業火――どういう意味なのか。

当の井川は、事件のあと精神を病んで入院し、そのまま警察組織を去ったそうだ。おそらく、面会はかなわないだろう。

「船橋東署に連絡を入れろ」

「矢島警部と話をするつもりですか」

「茅原京子が柳ケ瀬を地蔵背負いで殺害するのは無理だ。だとすれば、何か得体のしれない【力】が働いているとしか思えん」

「やめましょう。正直に言うと、関わり合いたくないんです。〝天使〟には」

「怖いのか」

相馬の批判のこもった言葉から逃げるように、川辺は目を伏せた。

「高森さんの遺体を見ました。黒焦げでした。抗えない、何らかの邪悪な【力】を感じました。あれは、相手にしてはいけない【力】です」

腕を伸ばし、川辺の襟元を摑んで思い切り引き上げた。

「お前、警察官だろう。それで、死んだ高森が浮かばれるとでも思っているのか！」

相馬の怒声に、他の署員たちがこちらを向くのがわかった。

「俺を信じろ、川辺」

川辺は充血しきった目で相馬を見ていたが、やがて相馬の腕に自分の手をのせた。相馬は力を緩めた。

「どうなっても、知りませんよ」

川辺は、デスクのプッシュホンの受話器を取り上げた。

＊

ロープと砂袋で作った等身大の人形を台車に載せ、相馬と川辺は再びホテルへやってきた。フロントには、有安がいた。

「いらっしゃいませ。これまた、すごい荷物ですね」

有安は川辺の押す台車を目にして笑顔を見せ、カードキーをカウンターの上に出す。

「もうこれ、お持ちになっていてもいいですよ。何か、お手伝いすることはありますか？今はまだ、チェックインの客も少ないですから」

「いや、いい。何かあったら、連絡させてもらう」

有安は人懐こい笑顔で頭を下げ、二人を見送った。

「感じのいいフロント係ですね」

エレベーターに乗るなり、川辺が言った。

「ああ。普通は自分の職場で人が死んだとなったら、あんなに愛想よく対応はできないものだ」

彼が事件に何か関与していることはあるのだろうか――ふとそんな考えがよぎったが、

ありえないと思い直す。相馬の描く真相に、有安は出てこない。

三階に着き、現場の部屋へ直行する。中には相変わらず、テーブルと椅子、コップに掛布団がそのままになっていた。

「始めようか」

「はい」

川辺は椅子に乗り、おもりのついたロープの端を投げて天井の梁に通した。相馬は、輪にしてあるロープのもう一方の端を、砂袋で作った人形の首にくぐらせる。重さは柳ケ瀬と同じ八十八キログラム。身長も柳ケ瀬の百八十センチに合わせてある。

「それじゃあ、いきます」

相馬がうなずくと、川辺はロープを引っ張った。柳ケ瀬を模した砂袋が上がっていく。

「くっ、これはやっぱり、かなり重いです」

相馬も手助けをする。さすがに二人の力が加わると、砂袋はみるみるうちに上がっていく。

「通常の女の力じゃ、絶対に無理ですね」

だが、〝白いワンピースの女〟に【重いものを難なく動かせる力】を授かっていたとしたら――。

そのとき、どさりと砂袋が落下した。

「あっ！」

相馬は川辺とともに、ベッドへと尻もちをついてしまった。手にはロープが握られたまだ。

鉄骨が、落ちてきていた。真ん中からひしゃげていた。

「壊れちゃいましたね」

「雇われマネージャーの有安には、俺から謝っておこう」

手に取ってよく見ると、それは鉄骨ではなかった。アルミか何か、もっと軽く強度のない金属の棒に、塗料で鉄のような質感を出しているだけだ。

「なんか思ったよりちんけですね。装飾用、ということですか」

徒労感に満ちた声で、川辺が言った。

「そうみたいだな。柳ケ瀬の体重が八十八キロ。それを引く力が八十八キロ。こいつには合計百七十六キロの重さがかかっていたことになる。とうてい支えきれなかったんだろう」

八十八キロの重さに耐えうることは、遺体が見つかった日にすでに実験済みだった。倍になってひしゃげるのでは、この方法で吊り下げるのは不可能ということだ。ますます、自分で首を吊った可能性だけが高くなる。

「あれ」

川辺が突然、頓狂な声をあげた。

「どうした」

「ここに何か、ついてますよ。なんだこりゃ」

川辺が注目していたのは、金属材の端だった。天井にあったときにはテレビ台の真上の位置にあった部分だ。何か、黒いものが付着している。

「あんこです」

「あんこ？」

たしかに、小豆の粒のようだった。

「そういえば、日向麻紀が証言していましたね。竹内の後援会に和菓子屋の方がいて、おはぎをよく買ってくると」

事件当夜、それを投げつけられた。柳ケ瀬は甘いものが好きで、いつももらってくると、そういう話だった。

「だがその小豆がなぜ、こんなところについている？」

「さあ……」

相馬の頭の中に、ある光景が浮かんだ。

室内をもう一度見回す。

テレビ台、ベッド、壁、そして、天井。

「まさか……」

――それはまさに、荒唐無稽としかいいようのない手段だった。だが、これなら確実に、茅原京子でも柳ケ瀬を首吊り自殺に見せかけて殺すことができる。

「川辺」

「はい？」

「鑑識を呼べ。調べてもらいたいことがある」

この事件にはやはり、通常では考えられない【力】がかかわっている。相馬はそう、確信した。

11

ベビーカーを押す母親。買い物に向かう主婦。犬を連れて歩く老人。自動販売機にジュースを補充する業者――。窓外に流れていく南千住の街を、京子は眺めている。職場の近くだというのに、全然知らない風景がそこにはあった。

「もうすぐ、つきますから」

運転席から、川辺刑事が声をかけてきた。彼が、京子を疑っているのは明らかだった。どう返事をしていいかわからず、結局無視した形になった。別にいいだろう。彼に対して怒りの態度を見せてもいい立場に京子はいる。

職場に彼が迎えに来たのはついさっきのことだ。

知り合いの大学教授からのメールをチェックしていたら、上司の堂本が声をかけてきた。

「このあいだの刑事さんがいらしているけど」

資料館の出入り口へ行くと、彼はたびたび失礼しますと頭を下げた。

「相馬が、ぜひご足労願いたいと言っていまして。ついてきてもらえますか？」

川辺は理由を言わなかった。任意同行。断る理由を探してもよかったが、急ぎの仕事もないために、京子は警察車両の後部座席へ乗り込んだ。

相馬が、告発のために自分を呼び出したことはなんとなく予感できた。柳ケ瀬を殺した方法など、彼にわかるはずはない。そう確信しながらも、ざわざわしたものが胸に浮かぶ。

このざわざわが、京子は癖になりそうだった。自分でもおかしいことはわかっている。残忍な刑罰の資料に毎日触れ合っているうち、感覚がおかしくなってしまったのかもしれない。

「つきましたよ」

そんなことを考えていたら、車は意外な場所の前で停まった。

真新しいビル。周囲には網が張り巡らされ、屋上にはクレーンがまだ残っている。来月オープンする予定の、大型ショッピングモールだった。

「ここは……」

「どうぞ」

川辺に促されるまま、工事関係者の入り口から入る。おがくずと接着剤がまじりあったようなにおいが鼻をつく。

中はだいぶできあがっていた。四階建てで、中央の広いスペースがまるまる、吹き抜けになっている。がらんとして工事関係者はいない。休日なのか、それとも、警察の力で借り切ったのか。

四階の手すりからぶら下がっている、工事用の照明器具を見上げ、京子の脳裏によからぬ思いが浮かんだ。いざというときには――。

オープンの暁には休憩スペースになるであろうベンチに、相馬は腰かけていた。傍には、会ったことのない背広の男性が座っていた。白髪がかなり多く、五十代後半と思われる。二人の背後には、段ボール箱が積まれている。資材か何かだろうか。

すぐに周囲を確認する。家具売り場と思しき店舗の前の床に、ショックを吸収するためのウレタン材が打ち捨てられたように置いてあった。食器棚ひとつならまるまる包み込めそうなサイズだ。——あれも、使えるかもしれない。

「ご足労いただきまして、ありがとうございます」

相馬の声に、京子は二人のほうを向いた。

「こちらは船橋東署の矢島警部です」

「どうも」

二人とも立ち上がる様子はない。船橋と言えば千葉県の地名だが、いったい何の関係があるのだろう。

「どうぞ、お座りになってください」

相馬は正面に置かれたプラスチック製の椅子を指した。京子はそこに座った。

「では私は」

川辺はそう言って、小走りで去っていく。何かから逃げるような雰囲気が、その背中から感じられた。

「回りくどい話はなしにして、単刀直入に言いましょう」

相馬は言った。

「茅原京子さん。私は、あなたが柳ケ瀬修を自殺に見せかけて殺害したと考えています。もちろん、妹の麻紀さんも共犯者ですが、実行犯はあなたでしょう」

京子の顔を睨みつける二つの目。この男はやはり、暴力団のような雰囲気をまとっている。矢島という刑事はそばで、目をつぶっている。

「おっしゃる意味が、よくわかりません。柳ケ瀬さんは、汚職の罪をかぶせられそうになっており、それに絶望して首を吊ったんじゃないですか？」

「柳ケ瀬さんは逢引の定宿としていた現場のホテルのマネージャーと懇意にしていて、女性を紹介する約束をしていたそうです。その約束を果たさないまま自殺をするはずがないと、当のマネージャーが言っていました」

「そんなの、柳ケ瀬さんの絶望と照らし合わせてみたら……」

「まるで柳ケ瀬さんのことをよく知っているような口ぶりですね」

京子は思わず口をつぐんだ。すきを突くように、相馬は続けた。

「あなたはあの日、六時に勤務を終えると、《フィクシー岩本町》へ向かい、チェックインをした。宿泊者カードの中に一つ、でたらめの住所と電話番号を記載したものがあった。名前は『中山景子』。防犯カメラで確認したところ、この季節にニット帽を目深にかぶり、黒い長袖を着た女性でした。あれが、あなただったのでしょう」

　相馬は背広のポケットから、書類の入ったビニール袋を二つ、取り出した。一つは、厚紙でできたＡ６サイズの紙。もう一つは、Ａ４サイズのコピー用紙だ。

「こっちが中山景子の宿泊者カード。そしてこれが、先日あなたに書いていただいた住所。見た目では違うように見える筆跡ですが、専門家の鑑定では、数字の書き方や漢字の横棒の間隔に特徴があるとのことで、同一人物の可能性が六十パーセントほどあるそうです」

　それが、高いのか低いのか、京子にはわからなかった。

「中山景子が通されたのは七階の七〇二号室です。あなたはそこでずっと待機していた。十時過ぎ、柳ケ瀬さんがやってきたのち、麻紀さんがやってくる。柳ケ瀬さんが麻紀さんに乱暴をしたという話は嘘で、麻紀さんは柳ケ瀬さんにさらに酒を飲ませて眠らせたのです。頃合いを見計らってあなたは三一一号室に行き、入れ替わるように部屋を出た麻紀さんは、カードキーを返却せずに帰宅します」

　まるであの日の京子の行動を見ていたような口調だった。

「三一一号室に残ったあなたは、死亡推定時刻に麻紀さんが自宅にいたアリバイを作るため、二時間ほど待機をし、柳ケ瀬を殺めた。証拠をすべて隠滅し、明け方までに自分の部屋に戻る。ホテルのドアはオートロックですから、鍵の心配はありません。あとは七時過ぎにチェックアウトすれば、すべては完了です」

ぱしん、と相馬は両膝を叩く。

「何か、ご意見は？」

「ありえません」

静かに、京子は言った。

「『中山景子』というのが、確実に私というわけではないんでしょう。六十パーセントでしたっけ？」

相馬は黙ったまま二回、うなずいたが、A4サイズのコピー用紙のほうをくるりと裏返して、京子に差し出した。

「先日、資料館からいただいた、『海老責』の解説書です。ここに、あの残忍な拷問を考案した江戸時代の火付盗賊改の名前が書いてある。中山勘解由（かげゆ）。――あなたたちの父親を奪った相手に対する刑罰を下そうという気持ちだったあなたは、この男に自分を重ね、あの偽名を名乗ったのかもしれない」

「偶然でしょう。決め手に欠けます」

京子は自分の声があまりに小さいことに戸惑った。

「首を絞めて殺した遺体と、首吊りをした遺体では、頸椎の状態や、ロープ痕のつき方が違うのでしょう?」

悟られまいと、言葉を継いだ。

「よくご存じですね」

「私には無理です。男の人を吊り下げるなんて。どうやったというのですか」

京子にとっての切り札だった。こればかりは見破れるわけがない。控えめに、それでも京子なりに強く、相馬の顔を見つめる。しかし、口を開いたのは、相馬ではなかった。

「〝白いワンピースの女〟」

矢島という刑事の放った言葉は、相馬のどの言葉よりも京子をうろたえさせた。

「人間に不思議な【力】を与え、殺人を唆す者。あの女に、あなたも会ったのだろう?」

落ち着き払った、それでいて相馬とは違った威圧感のある男だ。

「なぜ……」思わず、そうつぶやいていた。

「私も会ったことがあるんだ。十三年前。【発電する力】を授かった女性が、人を一人、感電死させた。犯人の女性は、私の娘の担任である幼稚園教諭だった。娘は〝白いワンピースの女〟が彼女に【力】を与えるところを見ていたんだ」

その犯人を追い詰めるとき、実際に〝白いワンピースの女〟を見たのだと矢島は言った。

「二度目にその女の話を聞いたのは七年前。直接的ではないが、やはり私の娘が関わる事件だった。〝白いワンピースの女〟に与えられた【力】を利用し、ある大学生が同級生を殺害した。その事件の捜査に当たった警察官も一人、命を落としている」

矢島の唇が震えている。怒り、恐怖、戸惑い、後悔……様々な感情が入り混じったような表情だ。

「今回は娘に関係のないところに現れたが、過去二回のことで私は確信している。彼女は、私の娘に危険をもたらす存在だ。私は彼女に会って訊きたいんだ。お前はいったい何者で、何が目的で人に殺人を犯させるのか。彼女に会わせてくれないか」

「待ってください」

京子は言った。

「私は何も知りません。何なんですかその、〝白いワンピースの女〟というのは」

「事件当夜、アルバイトのフロント係が見ているんですよ。〝天使〟を」

ついに相馬は〝天使〟という言葉を使った。

「現場の天井に、鉄骨を模したアルミの棒が何本も横たえられている。そのうちの一つに、小豆が付着していました」

「はい？」

「柳ケ瀬さんは竹内議員が買ってくるおはぎを、よく持ち帰っていたんです。現場に、食べかけのおはぎが残されていましたよ。鑑識を呼んで天井を調べてもらったところ、天井にも小豆がついていた。なぜそんなものが天井についているのか。柳ケ瀬さんが酔って投げ上げたのか。しかし、そんなことをする意味がない。信じられないことだが、〝天使〟の存在を認めるなら、可能性が一つ浮かび上がる」

相馬の言葉は今や、呪詛のように京子の耳を締め付けていた。

「おはぎは、天井に向かって、落ちたんだ」

「…………」

「【室内の重力を反転させる力】。あなたが〝天使〟から授かったのはそういう【力】だったのでしょう。……私は、初めから引っかかっていたんだ。なぜ日向麻紀は、遺体を発見した直後、人を呼ぶ前にロープを切って遺体を降ろしたのか。あなたの【力】を考えれば、その意味も見えてくる」

顔をうつむかせる。膝が、がたがたと震えていた。

「あなたは輪にしたロープを眠っている柳ケ瀬さんの首に通し、もう一方の端を、ベッドの脚に結び付けた。テレビやコップなど、動くものを布団にくるみ、ユニットバスの前まで運んで、いよいよ【力】を発揮させる。あの部屋は、ベッドとテレビ台は床に固定されている。柳ケ瀬さんは首を吊った状態になるというわけです」

ぐうっという、柳ケ瀬の首から漏れた音が、京子の耳に再現された。

「ユニットバスの前の天井には、鉄骨の装飾はされていません。布団にくるんだ荷物とともに平坦(へいたん)な天井に落ちたあなたは柳ケ瀬が絶命するのを待ち、重力を元に戻した。テーブルや椅子を元の位置に戻し、ビールの缶やコップを並べた。精神不安定で自殺する人間にしてはきちんと並べられているのを変に思っていたんですよ。いささか、行儀が良すぎたようですね」

ユーモアのつもりか、相馬は口元に笑みを浮かべたが、京子にとっては不快なだけだった。

「そんなあなたも一つ、見落としていたことがあった。おはぎです。八個入りの箱に五個だけ入ってましたが、鑑識の調べでは周りにたくさん絨毯の繊維がついていたようです。一度散乱したあと、何者かが箱に戻したのは明らかだ。——柳ケ瀬さんは三個食べたあと、おそらく箱ごと、テレビの裏にでも置いていたんでしょう。重力が反転したとき、箱ごと天井に落ち、散乱して、鉄骨と天井に小豆をつけてしまった。重力を戻したあとで慌てて回収し、箱に戻したあなたは、持ち帰ることも考えたが、柳ケ瀬が買ったかもらったかしたものが部屋にないと逆に怪しいと判断し、そのまま置いておくことにした」

「……知りません」

「まだ、白を切りますか。妹さんを問い詰めてもいいんですよ。今はまだ何も知らないと言っていますが、カッターナイフでロープを切って柳ケ瀬さんの遺体を降ろしたなどというのは嘘でしょう。床に倒れている柳ケ瀬さんとベッドのあいだのロープを切り、ベッドの脚からほどいたロープを、椅子を踏み台にして天井の鉄骨に結び直す。彼女が本当にやったのはそういう行為です」

「あの子は何も知りません！」

ついに京子は立ち上がった。相馬と矢島は、冷ややかな目つきだ。

「ではそれも、あなたがやったのですか？　重力を元に戻したあとで、時間は少しあったでしょうからね」

返答する必要などない。

この二人さえいなくなれば、逃れられる。いや、川辺という部下は？　彼は上司からすべてを聞かされているのでは？　だとしても彼に立証するのは無理だろう。そして、ちらりと、先ほどのウレタン製の梱包材に目をやる。そして、二階回廊部の高さを確認。これくらいの距離なら。

「お認めになるというなら、その意思を」

「相馬さん。あなたのミスは、こんな吹き抜けのあるビルへ私を呼び出したことだわ」

京子は立ち上がり、ウレタン材へ走り寄り、床とのあいだにうつ伏せに体を滑り込ませる。そして、【力】を発揮させるべく集中した。

ふわり、と体が「浮き上がる」感覚。瞬時にそれが、「落ちる」感覚へと変わる。身構えた直後に、背中に衝撃があった。

目論見通り、二階回廊部の裏、つまり、一階の天井に着地できた。

重力反転の前、二人の刑事の頭上は吹き抜けだった。つまり、あの二人は四階の天井へ向けて落下することになる。すぐにその音がするはずだ。

……しない。

吹き抜けのほうへ顔を傾け、はっと息をのんだ。

二人の刑事は、浮いていた。

天井――さっきまでの床と、二人の体を、太いチェーンが結び付けていた。

12

体全体が引っ張られ、ベルトの装着されている肩と腰が悲鳴を上げた。

相馬は床にネジで固定された輪に接続されている鎖でぶら下がっていた。

鎖を隠すために置いてあった空の段ボールが、眼下数十メートル先の四階の天井に向かって落ちていく。すぐそばで、矢島も相馬と同じようにぶら下がっていた。

マットレスをクッションとして二階回廊の裏に着地した茅原京子と、目が合った。ちょうど同じくらいの高さだ。

「まさか……」

茅原の顔から、血の気が失せていた。

「あなたも勘が悪いな、茅原さん。私たちはすでにあなたの【力】の見当はついていた。そのうえであえて、このショッピングモールに呼びたてたんだ。資材などは落ちないようにあらかじめ細工した。私たち以外の人間の出入りはもちろん禁じてある」

「〝天使〟を呼び出すんだ」

相馬と同じようにぶら下がっている矢島が言った。

彼が、娘に関することを〝天使〟に質したがっているのは事実だった。船橋東署からの折り返しの電話で彼は相馬に向かい、驚くほど熱心に「犯人を追い詰めるのに同行させてほしい」と懇願してきたのだった。

「早く！」

「私には、呼び出すことはできません……」

茅原はそう言いながら、周囲を見回した。そして、「あっ」と声を上げ、走っていった。

彼女は、そう遠く離れていないところに落ちているロープを見つけたのだった。

「何をするつもりだ？」

それには答えず、茅原はロープを、回廊を支えている太い柱に結び付けた。回廊の裏の端までやってくると、残りのロープを重力方向へ落とす。長さは十分で、四階の天井まで達した。

茅原はそのロープを摑むと、二階回廊の裏から、三階回廊の裏へ向けて降り始めた。

「やめろ、危ない！」

腕力のなさそうな普通の女性だ。もし落ちてしまったら、けがではすまない。

逃亡したい一心なのだろう。するすると降りていく。吊り下げられた状態の相馬と矢島には、手は出せない。茅原の【力】を使わせるための作戦だったが、この状態で茅原が逃亡を図るのは想定外だった。

「四階の天井までいって、そのあとはどうするつもりだ？」

「屋上への出入り口があるはずです」

この問いには返事があった。

「安心してください。閉ざされた空間から私が出た瞬間、室内の重力は元に戻ります」

外には川辺をはじめとし、管轄の南千住署の応援要員たちも待機している。茅原が逃亡できる可能性は低い。それならば、彼女にこのまま逃げさせたほうがいいかもしれない。

――と、そのときだった。

「わっ！」

矢島が叫んだ。

とっさに振り返る。矢島は、鎖を摑んでぶら下がっていた。腰と肩に装着されていたはずのベルトが、外れている。

「や、矢島さん。どうしたんですか」

「わからない。急に外れたんだ」

焦っていた。手を伸ばしても、届かない。今や矢島の体重は、その細い二本の腕にのみ、支えられている。

「茅原！」

相馬は声を張り上げた。すでに三階の回廊裏に足をかけていた彼女は、顔を相馬のほうへ上げた。

「緊急事態だ。矢島さんが落ちてしまう。今すぐ、重力を戻してくれ」

ぶら下がる矢島の顔は真っ赤になっていた。茅原からも、矢島が落ちそうなのは見えているはずだった。

「残念ですが、できません」

茅原は答えた。薄い唇に笑みが浮かんでいた。

「死んでくれたほうが、私にとって都合がいいんです」

勝利宣言――。まるで、江戸時代の刑吏はこんな顔をしていただろうと言わんばかりの残忍な笑顔だった。

「お久しぶりですね」

まるで場違いなほど清廉な声が聞こえた。

相馬は目を疑った。

〝白いワンピースの女〟が、相馬と矢島の間に浮いて、矢島に話しかけていた。金髪、碧眼、少女の顔立ち。

「お……まえ……」

矢島は、絞り出すように声を出した。

「矢島正成さん。あなたは、十二年後に死にます」

「何を」

相馬は思わず声に出したが、〝天使〟は相馬のことなど気にもかけていなかった。

「しかしその前に、やってもらわなければならない仕事が残っています。人類の、未来のための仕事です。今、ここで死なれるわけにはいきません」

そして〝天使〟は、「かわいそうですが」と、茅原京子を見上げた。

「彼女より、【力】を取り上げます」

瞬間、相馬の体は浮き上がり、右肩から床にたたきつけられた。矢島もまた、体を床に打ち付け、ぐふっ、と声を出した。

重力は元に戻ったのだ。――と、いうことは……。

「きゃあああっ！」

悲鳴。そして彼女は、相馬の傍に、どさりと落下した。

「茅原！」

四肢をあらぬ方向に曲げた茅原京子の耳に、相馬の声が届いていないのは明らかだった。

本来の重力とは違うほうへ、清らかな笑みを浮かべて上がっていく〝天使〟。――その姿は、相馬の目にはもう入っていなかった。

第四話　運命の夜

1

二〇一六年七月二十六日、火曜日。午前八時三十分。有安純平は、便器を抱えていた。もう一度えずいたが、胃液しか出ない。朝食を食べていなくてよかった、と、脳の冷静な部分が考えていた。

「うぅ……」

トイレットペーパーで口を拭(ぬぐ)いつつ唸(うな)り声を上げる。

ワンルームなので、背後のテレビのニュースの音は聞こえてくる。

よろよろと立ち上がり、タンクの脇のレバーハンドルに手をやる。渦巻(うずま)き状に流れていく吐瀉物(としゃぶつ)を見送ったあとで振り返り、再びテレビに目を向けた。

きょう未明、神奈川県相模原(さがみはら)市の障碍者(しょうがいしゃ)施設に刃物を持った男が侵入した。職員の手足を結束バンドで縛り、入所者を次々と刺していった。死傷者は三十人を超えるという。犯人はかつてこの施設で職員として働いていたことがあり、ＳＮＳ上に、障碍者などいなくなればいいという内容の書き込みをしていたというのだった。

障碍者を支援する仕事をしていたはずの人間が、障碍者を殺害する……。起き抜けにテレビをつけて目に入ってくるニュースとしては、あまりにも刺激が強すぎた。

普通の人なら胃液を吐き出すほどのショックは受けないのだろうか。……そうなのかもしれない。障碍者が身近にいない人間なら、ひょっとしたらこの男と同じように考える者もいるかもしれない。かつて、俺だって――。

純平は、長野県長野市に生まれた。三つ上の兄、正也（まさや）は、生まれつき障碍を持っていて、言葉をしゃべることはおろか、体を動かすこともできなかった。そのことで級友にからかわれたり、心ない言葉を投げつけられたことも一度や二度ではなかった。

両親は純平よりもそんな兄を気にかけていた。兄は橋が好きらしく、橋の写真を見せると喜ぶような反応を見せた。それで、兄の部屋の壁には日本や世界の有名な橋の写真を引き伸ばしたものが壁一面に貼られていた。

純平は、そんな兄が疎（うと）ましくてしょうがなかった。

なんでこんなやつが俺の兄貴なんだ。お前なんて生きていて何になる？　死んでしまえ！　両親が近くにいないとき、部屋じゅうの橋の写真を破り捨て、罵声（ばせい）を浴びせたこともある。本当に殺してやろうと、その首に手をかけたこともあった。「あぅあぅあ……」。言葉にならない声をあげ、兄は抵抗した。目には涙が浮かんでいた。恐怖というよりは、謝罪と憐憫（れんびん）がその顔にはあった。表情などないのに、純平には伝わってきた。「このまま俺を殺してくれ。そうすればお前はもっと楽しく人生を過ごせる」――そんな言葉が。

十八の冬、純平は大学受験に失敗した。兄の介護のため経済的に厳しく、国立大学を一度だけ。浪人はしないという約束を両親と交わしていた。大学生になれないと決まった瞬間、地元での就職を余儀なくされるはずだった。

失意の底にいた純平に、母親が一枚のコピー用紙を差し出した。

整然と並ぶ活字たち。兄からの手紙だった。

自治体の支援により、兄はそのころ、特別なパソコンを扱えるようになっていた。わずかに動く右手でキー入力システムを操ることを覚え、文章を綴(つづ)ることができるようにまでなっていた。

合格できなかったのは残念だった。しかし、信大(しんだい)に行きたかったわけじゃないだろう? なにも地元で就職することはない。上京して自分の人生を始めてほしい。――手紙はそういう内容だった。

余計なことを言うな、お前の世話だってあるんだ! 機械につながれた兄の前で、純平は怒鳴った。両親もまだ体は動くし、地域のサポーターも助けてくれる。パソコンのディスプレイには文字が並んだ。

傍目(はため)には光を映しているのかどうかもわからない兄の目。その目が、純平の心を看取(かんしゅ)していたことを知った。

東京へ出たい。兄や両親から離れ、自分の力を試したい。それが、抑えていた純平の本心だった。

驚いたことに兄はすでに、両親も説得済みだった。介護者の助けがなければ排せつもままならない体でありながら、兄は家族の要であった。

感謝という気持ちはなかった。むしろ苛立ちに似た気持ちだった。

それでも純平は上京した。道路工事、飲食業、コンビニエンスストア、警備員……様々なアルバイトをしながら、自分のできることを探した。しかし、なかなか見つからなかった。

そんな純平に転機が訪れたのは、上京してから三年目の六月だった。純平は派遣清掃業者として、北区のビジネスホテル《フィクシー王子》のフロントの床を磨いていた。自動ドアを開けて入ってきたその男性客は、一目で視覚障碍者とわかった。白杖をつき、フロントに達した彼を見てフロントの若い男は明らかに顔をしかめた。予約していないが泊まれないかと客は訊き、あいにく満室だとフロント係は答えた。明らかに嘘だった。そのホテルには何度も来ているが、昼のこの時間に、満室だと断られる客は見たことがなかった。

多くのアルバイトを経験していた純平にとって躊躇はなかった。《フィクシー・グループ》のホームページを調べ、中途採用の試験を受けた。面接ではビジネスホテルの障碍者対応の向上を訴え、アルバイトからならということで採用された。

それまでは何をしても続かなかった純平だが、ビジネスホテルではどんな仕事でも率先してやった。働きが認められ、正社員に昇格し、マネージャーを任されるようになったのが、二十六歳のときだった。以来、都内各地、時には神奈川県内のホテルのマネージャーを転々としつつ、本社にバリアフリーの拡充を訴え続けている。聾者や視覚障碍者への対応マニュアルの充実。盲導犬も共に泊まれる部屋。介助者の分を半額にする料金システム……初めはなかなか聞き入れられなかった純平の意見だが、次第に本社の会議で真剣に取り上げられるようになっていた。

テレビの画面はいつしか、コマーシャルに切り替わっていた。腹筋を鍛える健康器具を、タレントが楽しそうに紹介している。健常者のための商品を、健常者が宣伝している。昨晩、あんなショッキングな事件が起こったこんなときでさえ。

スマートフォンが震えたのはそのときだった。リモコンに手を伸ばしてテレビを消し、通話ボタンをタップした。

〈もしもし、有安さん。田町です〉

　田町久男の陽気な声がした。六年前までマネージャーをしていた《フィクシー岩本町》で出会った男だ。馬が合い、今でも連絡を取り合っている。当時は学生アルバイトだった彼も、今は立派にＩＴ系の会社に就職していた。

〈二十九日の合コンなんですけど、じつは、店を変更したくてですね……〉

　合コン。そういえば、そんな約束をしていたなと、純平はうつろに思い出していた。

〈こないだの店よりちょっと高めなんですけど、肉の質とかいいらしいし、カクテルのバリエーションもこっちのほうが多いんで、女の子たちも喜ぶかなって〉

　なぜこんな日に、こんな陽気でいられるのか。

〈場所はほとんど同じで、新宿の……〉

「久男」

〈はい？〉

「悪いけど、俺はキャンセルさせてくれ」

〈えっ？　ど、どうしてですか。あんなに乗り気だったじゃないですか〉

　お前はニュースを見ていないのか。あんなに人が殺されたのに、合コンの相談などしている場合か。喉まで出かかったが、抑えた。

「人前ではいつも陽気に」が、上京して以来の純平のモットーだ。田町に慕われているのもそれが理由なのだ。いきなり怒りをぶつけても、田町は戸惑うばかりだろう。結局あいつも、純平とは〝違う側〟の人間なのだから。

〈まさか、また怖気づいたんですか。勘弁してくださいよ。そんなんじゃいつまでたっても……〉

「悪いな。どうしても外せない仕事が入っちまって。この埋め合わせは必ずするから」

引き止めようと粘る田町を、いつも通りのキャラクターを崩さぬままどうにか説得し、純平は通話を終えた。

2

近松兼子が買い物を終えてスーパーから帰ってくると、玄関に姉の志摩子のパンプスが脱ぎ捨ててあった。また来てる。

「お姉ちゃん！」

リビングに飛んでいく。母がまさに、封筒を彼女に渡すところだった。

「お母さん。ダメだって！」

スーパーの袋を床に放り投げ、二人の間に割って入る。封筒を取り上げようとすると、姉はさっとそれを背中に隠した。

「なんなのよ、なんでこんなタイミングで帰ってくるのよ」

「ダメだよ、お姉ちゃん。またお母さんからお金を取ろうなんて」

「人を泥棒みたいに言わないでよ。この不況で、経営が苦しいんだから」

「やめちゃえばいいじゃない、喫茶店なんて」

「喫茶店じゃなくて、カフェバー。何回言えばわかるの？　あ、そうそう。うちのお店、明後日、ドラマのロケに使われるのよ。神島翔くんが来るんだから」

いつも客のいない店だから目をつけられたのだろう。そんなことを言うのも煩わしく、

「ばかみたい」と返した。

「何をはしゃいでるのよ！　ずーっと赤字続きのくせに」

「もういいんだよ、兼子」

母が穏やかに言った。微笑んでいるが、ほつれた白髪が、疲れを感じさせる。

「武さんの会社も厳しいっていうし。自分のお店を持つのは、志摩子の昔からの夢だったんだからねえ……」

だからって、経営が安定せず、資金繰りのために母に無心する回数が多すぎる。

「そうそう。夢なんかなくて、ただなんとなく仕事を続けているあんたになんか、私の気

持ちはわからないわよ」

志摩子が吐き捨てる。兼子はなおも姉を引き止めたが、聞く耳を持たない姉は兼子の手を振り払い、母に対する礼も言わずに出ていった。

玄関のドアの閉まる音。悔しくて、震えが止まらなかった。もう、父の遺産はほとんど使われてしまったはずだ。

「お母さん、もうお姉ちゃんにお金を渡すのはやめてよね！」

「おやおや、そんなに怖い顔をしないで。私は本当に、お金なんていいの」

「お母さんがよくったって……」

優しすぎる母にも腹が立つ。なんであんな姉のために、こんな思いをしなければならないのか。

兼子はスーパーの袋を取り上げ、キッチンへ運んだ。卵が割れて、カレールーの箱が濡れていた。姉への苛立ちが増幅した――そのときだった。

「ずいぶんと、勝手なお姉さんですね」

若い女の声がしたので、どきりとした。

顔を上げると、冷蔵庫のすぐわきに、白いワンピースを着た女が立っていた。女というより、少女と言ったほうがいいだろうか。金髪に碧眼。体の周囲はなぜか、金色に光っている。母が招き入れたのだろうととっさに思った。

「お母さん！」

誰なのこの子、と居間に目をやり、唖然とした。

母はソファーに腰かけようとした中腰のまま、静止していた。穏やかな笑みは、まるで蠟人形のように動かない。

「時間を止めさせてもらっているのです」

「はっ？」

「そんなことより近松兼子さん。あなたは、お姉さんに苛立ちを覚えている。お店をやめてほしいと思っています」

断定的な言い方だった。体の周囲の金色は、光と言うより、粉末が舞っているように見えた。

「ええ、そうよ」

不思議な彼女に向かい、兼子は答えていた。

「姉だってもう、自分の経営能力の限界に気づいているはずだわ。何かきっかけがあれば、もうお店をやめる。母に無駄なお金を使わせないですむのよ」

「つまり、お店がひどい目に遭えばいい、ということですね」

そう言った直後、彼女の顔から笑みが消えた。

「燃やしてしまいなさい」

「燃やす？」

「お店を燃やすのです」

「そんなことをしたら、捕まってしまうでしょ」

「私があなたに【力】を授けます」

ぼっ、と背後で音がした。振り返ると、食器棚に置いてある瓶のうちの一本が火を噴いていた。料理酒の瓶だ。

「安心してください。デモンストレーションですので、燃え移ったりはしません。いいですか近松兼子さん。私は今からあなたに【アルコールを発火させる力】を授けます。アルコールを睨みつけ、念じるだけで火を噴きます。お姉さんのお店には、たくさんのアルコールが並んでいますね。店内に入らずとも、窓の外から睨みつけるだけで、効果は発揮できます」

「そんな【力】を、私が……？」

彼女がそのような、常識では考えられない【力】を与えてくれるのは、もはや疑うべくもないだろう。そして、その方法なら、よもや自分が火をつけたと疑われることもない。

店が火事になればもう立て直しは無理だ。姉だって店をやめる踏ん切りがつくに違いない。でも……。

「だめよ」

兼子は言った。少女は意外そうな顔をした。

「姉の店はマンションの一階のテナントを借りているの。オーナーさんや、住民の方に迷惑がかかるわ」

「そういうことでしたか」

残念そうな声の響きだった。

火事を起こすという方法はとらないにしても、何か不思議な【力】で、姉に経営をやめる決心をつけさせるやり方はないだろうか。……少しだけ考えて、兼子は思いついた。

「ねえあなた。【壁の絵を動かす力】というのはないの？」

こちらから提案したのが意外だったのか、少女は目をぱちぱちとさせていたが、「ありますよ」と答えた。

「しかし、それでどうやって、お姉さんに店をやめさせるというのです？」

兼子は、その【アイディア】を話した。

「なるほど。面白いやり方です。それなら火事を起こさずに済みますね」

少女は言うと、兼子の右手を取り、強く握（にぎ）った。からだ全体が、まるでサウナに入ったかのように熱くなった。

3

七月も後半を迎えると、倉庫の中はかなり暑い。クーラーを入れてくれと店長にさんざん言っているのに、聞きやしない。舌打ちをしながら、田村健吾（たむらけんご）は台車を止めてストッパーをかけ、運んできた段ボール箱を作業台の上に載せた。

ガムテープを引っぺがし、段ボールの箱を開ける。ビニール袋に包まれたネルシャツがごっそりと出てきた。あんまり値の付きそうなものはないかもな、と、開けた瞬間に予感した。

袋を破り、一つ一つ点検していく。

やっぱり。ノーブランドばかりだ。これじゃあせいぜい、三千円でしか出品できない。もちろん、くすねる価値もないものばかりだ。

「もっとハイブランドのもの、送ってこいよ……」

と、そのとき尻ポケットに入れてあったスマートフォンが震えた。久男さんからだった。珍しいこともあるものだ。

「もしもし？」

〈おう、健吾。今、仕事中か？〉

大学時代のサークルの先輩だった。向こうが卒業してからはちょくちょく会っていたものの、健吾が就職してからは二、三度会ったかどうかという仲だった。

「そうですけど、一人で作業中なんで大丈夫です。なんすか？」

〈今週の金曜、あいてるか〉

「金曜っていうと二十九日ですね。えと、休みなんですけど、夕方まで仲間とフットサルです」

〈ああ、そういやお前、そんなことしてたな。夜は？〉

フットサルが終わった後はいつも、仲間と飲みにいくことにしている。しかし、これは久男さんのほうに乗ったほうがいい。健吾のカンがそう告げた。

「あいてます」

〈よかった。合コンなんだけど、男のほうのメンツが一人出られなくなったんだ〉

「行きます」

二つ返事だった。学生時代から、女と出会える場ならどこにでも顔を出していた。合コンなど、もう何百回やったかわからない。

〈相手は、俺の昔からの知り合いの女と、その高校のときの友達……〉

健吾は聞き流す。相手の素性なんてどうでもいい。健吾の目的は別に、恋人を作ることではない。学生時代は二人と付き合った。それで得た教訓はこうだ。甘い時間など、ガキの抱く幻想。恋人などという面倒な存在は、いるだけ時間と金の無駄だ。

その晩、ベッドを共にする相手。健吾の目的はそれだけだった。もちろん失敗する日もある。だが、おおむね成功を収めてきた。

ここのところ、古着の選別の仕事が忙しく、出会いの場に顔を出すことをおろそかにしていた。久々に腕が鳴る。

店の名前と集合時間はあとで送ると言い残し、久男さんは通話を切った。待ち受け画面のリーバイスのヴィンテージを眺め、しばし、来る日のシミュレーションにふけっていた。

「健吾さん」

名を呼ばれて我に返る。塩屋成生が立っていた。

「なんだよお前、そんなところに突っ立って人のことを見て」

坊主頭の、ぬぼっとした男だった。バスケットボールをやっていたというだけあって身長は健吾より十センチは高いし、運動神経もいいが、気は弱い。

「店長が呼んでますよ」

「ああ？　んだよ、めんどくせえ」

立ち上がって、スマートフォンをデニムの尻ポケットにねじ込んだ。そして、油断している塩屋の襟元（えりもと）を掴（つか）み、スチール棚に押し付けた。積まれていた段ボールがずずりと動く。

「てめえ、ナルオ！」

「な。なんですか……」

「あのこと、店長にチクったんじゃねえだろうな」

「……チクってなんかないですよ」

おどおどとした目。恐怖を抱かれるというのは気持ちのいいものだった。左手で襟を掴んだまま、右手の拳（こぶし）を塩屋の脇腹に沈めた。

「いてっ！」

「わかってんだろうな、てめえ」

「わ、わかってます……」

左手を離すと、塩屋はうずくまった。健吾は「情けねえな」とせせら笑う。

「その箱三つ、お前、やっとけ」

言い放つと、健吾は事務所へ向けて歩き出した。

塩屋成生は去っていく田村健吾の背中を、呪わしい気持ちで見送った。あの男、人が従順にしていたら、調子に乗りやがって。

＊

高円寺の古着屋《ジェイ・ウッド》から大量の段ボール箱が届いたのは先週のことだ。店舗の規模を縮小するから在庫を引き取ってほしいとのことだった。店舗を持たずネット販売を専門にしているこの会社に不良在庫が流れ込んでくるのはいつものことだった。

先輩の田村とともに、塩屋はその日、届いた商品の整理をしていた。売り物にならないほどのほつれや汚れがないかチェックし、デジカメで写真を撮り、ナンバーを振る。その作業を延々と繰り返すのだ。

「おっ！」

田村が叫んだのは、作業を始めて三時間ほどたったときだっただろうか。彼は一枚の革ジャンを手にしていた。塩屋はそばによってタグを見た。七〇年代のアメリカで作られた、三万円は値がつくヴィンテージものだった。

「すごいの見つけましたね」

「ああ、これ、俺がもらうな」

当然のように、田村は言った。

「何、言ってるんですか」

「まだナンバリングしてねえし、ばれねえよ」

「でも……」

「あっ？」田村の顔が険しくなった。「なんか文句あんのか？　こんな薄暗い倉庫で重労働させられてるんだ。これくらいは許されるだろ？」

すごまれると、塩屋は何も言い返せなかった。田村は新聞紙で革ジャンを隠すようにくるみ、さっさとロッカーへ持っていってしまったのだ。

あの日、店長に報告していれば……。後悔しても始まらなかった。今さら報告したところで田村は白を切るだろう。煮え切らない態度の自分より、口が滑らかでおべっかのうまい田村のほうを店長が気に入っているのは明らかだった。

「くそっ！」

苛立ちまぎれに棚を蹴り飛ばす。ぐらりと棚が揺れ、三段目に積まれた段ボール箱が落ちてくる。

「あっ！」

思わず頭上に手を伸ばした。古着のぎっしり詰まった段ボールの重みが手に……届かない。

塩屋は目を疑った。落下しつつある段ボールが、空中で止まっているのだった。

「危ないところでしたね」

宙に浮いた段ボールのすぐ脇から、ふわりと、白い塊が舞い降りてきた。ワンピースを着た十七歳くらいの少女だった。金髪、碧眼。その体を覆うように、金色の粉末のようなものが漂っている。

「……〝天使〟？」思わず塩屋は言った。

彼女は塩屋のすぐ右隣に降りると、微笑みを浮かべた。

「そう呼ぶ方も多いです。それよりあなた、先ほどまでここにいた、田村健吾さんに恨みを抱いていますね」

なぜ田村の名前まで知っているのか。〝天使〟なのだから当然か。いや、これは夢か？

塩屋の頭の中を、さまざまな思考が巡る。

「殺してしまいなさい」

〝天使〟は突然言った。

「私があなたに特別な【力】と【アイディア】を授けましょう。そうすれば、あなたは誰にもわからずに田村健吾さんを殺害することができます」

「ちょ、ちょっと待ってよ」

美しい顔と清らかな声でとんでもなく物騒なことをまくしたてる彼女を、塩屋は止めた。

「たしかに俺はあいつが大嫌いだ。でも……、何も殺すことはない」

「しかしそれではあなたの気持ちは収まらない。彼をひどい目に遭わせてやらなければ」

「骨折とか、それくらいでいいんだ」

何を自分は言っているのか。塩屋にそんな気持ちを起こさせる暇を与えず、〝天使〟はにこりと微笑んだ。

「骨折。それでもいいでしょう」

そして彼女は、人差し指を立てる。先が、朱肉でも触ったかのように赤くなっていた。

彼女は空中に浮いたままの三つの段ボール箱のうち一つを、両手を伸ばして取ると、その一部に、自分の指の赤いものを付けた。赤くなったその部分を、壁に押し付ける。

ぱちんと指を鳴らすと、止まっていた段ボール二つはどすんと床に落下したが、もう一つは壁に付いたままだった。

「これは……」

「【強い粘着力】です」

その段ボールを睨みつけたまま〝天使〟は答えた。

「こうして、強く見つめている間は粘着力が持続しますが、視線をそらすと」

と、〝天使〟は成生のほうを向く。どさりと、段ボールは落ちた。

「すごい……、けど、これでどうやってあいつを」

「それは、あなたが考えることです」

塩屋はいつしか、天使に右手を握られていた。体じゅうに、熱気が広がっていくのを感じた。

4

午後一時四十分。昼食時のピークを終えても、まだ客は来る。シンクの中にたまった食器を、泡のついたスポンジでこする。今日の日替わりはミックスフライだから、いつも以上に油汚れには気を付けなければならない。

「矢島(やじま)さん、サラダ足りなくなっちゃったわ」

デミグラスハンバーグの入ったフライパンを揺り動かしながら、店長が言った。

「洗い物、いったん置いといてお願いできる？」

「はい」律花はスポンジを置き、手袋を外し、手を洗う。

「なくなりそうになることぐらい、わかるでしょうに」

下げてきた食器をシンクの脇に音を立てて置きながら、木下さんが鋭い視線を向けてきた。

「何年やっても優先順位の付け方がわからないのね」

「すみません……」

謝りつつ、冷蔵庫へ向かう。木下さんの嫌味などもう慣れっこだ。店長も、フライパンをじっと見つめながら聞こえないふりだ。

冷蔵庫から出してきた千切りキャベツ、サニーレタス、ミニトマト、キュウリを盛り付け、ドレッシングをかける。十人分ほどのストックを作ったところで、再び流し台に戻って洗い物。そして、木下さんの小言……。律花の昼はいつも、こんな感じで過ぎていく。

午後二時を過ぎると、客はほとんどいなくなる。洗い物を終えたところで、ドアのベルを鳴らし、緑のキャップを被った男性客が一人、入ってきた。いつもの客だった。

「いらっしゃいませ」

律花は手を拭いて、対応に向かう。キャップを脱ぎ、彼はドアに一番近い二人席に腰かける。四十歳くらいで、頭髪は少し薄く、右の頰に大きなほくろが二つ、並んでいる。律花の差し出したメニューを受け取り、開いて上から順に目を通す。

「……Bランチ」

「かしこまりました」

律花がカウンターに戻ると、店長がキッチン台を指さした。余り物のハンバーグとサラダとご飯の載ったトレイ。まかないだ。いつも、あの客が入ってきたタイミングで律花は休憩に入ることができるのだった。

「おつかれー」

まかないのトレイを持って従業員控室に入ると、先に休憩を取っていた木下さんが白々しく手を上げてきた。

「怖いわね、障碍者施設に乗り込んで、次々刺していったそうよ、この人」

壁際のテレビでは、ワイドショーが放映されている。事件のことは律花も朝のニュースで見てそれなりにショックだったが、仕事に追われているうちに忘れていた。

適当に返事をして、昼食を取り始める。

「ねえ、矢島さん」

すぐにまた、木下さんは声をかけてきた。その視線の先は、テレビの横に貼り出されているシフト表だった。

「今週の金曜日、夜、入ってないの？」

「はい。その日は予定があって……」

ふん、と木下さんは鼻で笑った。

「予定って言ったって、どうせ男遊びでしょう」

木下さんは目が細くて鼻は丸く、髪の毛は縮れている。口に出しては言わないが、お世辞にも美人とは言えない。三十過ぎで男っけはまるでない。律花に当たりが厳しい理由は、明らかに嫉妬だった。

「シフト、代わりなさいよ、私と」

「え、でも、先々週から店長にお休みのお願いを出していまして」

「そんなの関係ないじゃない。北海道からいとこが仕事で来るのよ。それで『夜、会いましょう』ってことになって」

「でもですね」

「でも、じゃないのよ。本当に、いつ会えるかわからないんだから。あんた、男とはいつでも会えるでしょうが」

有無を言わさぬ木下さんの顔。この人には、何を言っても無駄なのだ。

「……わかりました」

憂鬱な気持ちで、まかないランチは半分以上残してしまった。控室を出て、食器を片付けると、厨房でくつろいでいる店長に断り、店を出る。

曇天で蒸し暑い。夏はすぐそこまで来ているというのに、全然わくわくしない。

二十七歳。もう夏に心をときめかせている場合ではないかと、とぼとぼ歩いていると、《ローズマリー》の前に差し掛かった。いつ前を通っても人のいないこのカフェバーの角を曲がると、日陰になったベンチがあるのだった。

律花は二十二歳で大学を卒業し、ガラス容器を扱う企業の下請け会社に就職した。意欲をもって働いていたが、二年前に親会社が経営不振に見舞われ、大規模なリストラが行われた。職を失った律花は手当たり次第に再就職先を探したが見つからず、あるときに立ち寄ったこの洋食屋でアルバイトの貼り紙を見て、雇ってもらった。

腰かけだと思って始めたけれど、もう三年になる。給料は上がらないし社会保険なども充実してはいない。店長の性格がいいのが救いだけれど、先輩アルバイトの木下さんは悩みの種だった。資産家の実家暮らしで、「働くのは趣味みたいなもんだから」とはばからず、面倒な仕事はすべて他人任せ。鼻つまみ者だが、親が店の出資者の一人ということで、店長も甘く見ているという現状だった。

やっぱりそろそろ、やめようかな。そんなふうに思うことがあるが、やめてどうするということを考えるとまた、気分が暗くなる。

——どうせ男遊びでしょう。

ベンチに腰掛け、暗いスマートフォンの画面を見つめつつ、律花はため息をついた。木下さんの言っていたことは、あながち外れてもいないからだ。

自分では意識していないが、律花は美人の部類に入るらしく、昔から男性に言い寄られることが多い。小学六年生のときには、通っていた塾の先生にもデートに誘われた。以前に勤めていた会社でも恋人がいたが、倒産とともに連絡はとれなくなった。

やめてどうする？　その答えの一つに、結婚という選択肢があることを、律花は意識している。女性進出の時代といっても、まだまだ社会は女性に厳しいことは身をもって知っている。特にやりたい仕事があるわけでもないし、稼ぎまくりたいという野心も持ち合わせていない。専業主婦になったほうがいいのではないだろうか。結婚相手は高望みをしない。暴力をふるわず、安定した収入があって、一緒に話していて楽しければいい。家事だってきちんとこなすし、相手の家族とは自分の家族と同じように接する自信だってある。子どもだって育てたい。夫。子ども。家族。今の自分が必要としているのはそれだと律花は最近思っている。

でも、出会いがない。自分から人のってを頼る勇気もないし、結婚相談所もお金がかかるという。

何の動きもせずうじうじしていたところ、連絡をくれたのが、幼なじみの田町久男だった。

船橋の幼稚園に通っていたころは乱暴者で大嫌いだったけれど、小学校に上がってからだんだん大人びてきた印象だ。特異な経験を共有していたこともあって、いつしかお互いの悩みを打ち明け合うような仲になった。中学を卒業して以来ずっと連絡を取り合い、たまに会って近況を報告し合っている。恋愛感情はなく、いい相談相手という感じだ。

お前、暇なら合コンでもやらないか？　久男はそう言ったのだ。男性陣は、久男が以前アルバイトをしていたホテルの仕事仲間から三人。だからお前も適当に三人、集めてくれないか。

高校時代の友人に電話をかけると、三人はすぐに揃(そろ)えることができた。そのうち一人は、中学から一緒で、久男とも顔見知りだ。

出会いがあるかもしれない。久々に胸がときめいていた。あわよくばこのまま……と、浮かれていた。

そううまくいくはずはなかったのだ。木下さんにシフトを代わるように言われた時点で、律花の期待は崩れた。

罰が当たったんだよ。通話の呼び出し音を聞きながら、律花は自分に言い聞かせた。

〈もしもし?〉

「久男。ごめん」

〈なんだよ、いきなり〉

「金曜日、私、参加できなくなった」

〈お前もかよ。なんでだよ〉

「仕事。本当にごめんね。でも、香織は久男も知ってるから、大丈夫でしょ?」

〈それでも、人数合わせってものがあるだろ。こっちだって、一人減った分、人数合わせたばっかりなんだぜ〉

「ごめん、本当に……」

強引に通話を切った。

久男に迷惑をかけてしまった。

5

七月二十九日、金曜日。午前十一時。

開かれた障子の向こうには、庭が見える。冬には雪をたたえ、まるで日本画のように美しくなる庭も、この暑さで庭石と土が干からびきっている。父の自慢のモチノキは枝を伸ばし放題だ。

先週、剪定をしていた父が梯子から落ちて以来そのままだからだ。病院に運ばれた父は全治二か月の骨折と診断され、入院を余儀なくされた。

それにしても、今日は暑そうだ。外に出ていくのは気がはばかられる……というのは贅沢だろうか。

正也は毎日七時半に起床し、父母の助けを借りてベッドからこの車椅子に移動させてもらう。ときどき、天候のいい日はヘルパーさんに散歩に連れていってもらうが、だいたいはこの部屋で庭を向いた位置ですごしている。

車椅子の左にはバイタルを見るための機械が設置されている。かろうじて少しだけ動く右手の指のそばには、家人やヘルパーを呼ぶためのボタンと、パソコンを扱うためのマウス。目の前には、車椅子に固定されたタブレット画面がある。

正也は右手の人差し指を動かし、マウスを手繰り寄せる。画像で見たことがあるばかりだが、健常者の使うマウスというのは、ずばり「ネズミ」のような形をしており、マウスパッドなる専用のマットの上を滑らせて画面上のカーソルを動かす仕組みになっているそうだ。正也のマウスはネズミとは似ても似つかない、楕円形のドーナツのような形をしている。その穴の中に手を差し込み、ボールを直接動かすことによってカーソルを操る。クリックは、そのボールを押し込むだけで事足りる。

世の中の進歩は素晴らしい。正也はつくづくそう思う。

もう十年以上も前になるだろうか。弟の純平が受験に失敗し、上京して家を出ていったときにはまだ、ワープロソフトを動かすのが精いっぱいだった。それが、インターネットが導入されたことによって、正也の世界は劇的に広がった。世界中の景色を居ながらにして見ることができるし、無料で読むことのできる小説、評論、その他の著作はほぼ無尽蔵と言っていいほどにある。部屋にはテレビもあるが、最近ではニュースはもっぱら、スマートフォンで見ることにしていた。

……その、ニュースサイトを見ていて、正也の気持ちは暗くなっていた。

今週の火曜日、神奈川県の相模原市で起こった、障碍者施設の事件である。犯人の男は、意思疎通のできない障碍者は安楽死させるべきであるという思想を持っていたようだ。そのあまりに短絡的かつ偏執的な主張に、正也の胸は抉られるようだった。

同時に、かつて純平が自分に投げかけた言葉がよみがえってきた。

なんでこんなやつが俺の兄貴なんだ。お前なんて生きている意味がない。死んでしまえ。……自分で死ねたらどんなに楽か。そう思って生きてきたし、今も思っている。そう口に出したつもりが、「あぅあぅあ……」。自分の耳にさえ、そうとしか聞こえなかった。自分の境遇に苦しんできた。そしてそれが、弟を苦しめている。苦悩は永遠に続いていた。

純平から久しぶりに電話があったと母が告げてきたのは、三日前のことだった。しあさってから数日間、そっちに帰ろうと思う。それだけ告げて切ったのだという。

純平があれ以来この家に帰ってきたのは数えるほどしかないが、正也の部屋にインターネットが導入されたことは知っているはずだ。当然、正也がメールを扱うことができることも知っているだろうが、一度もやりとりをしたことはなかった。

相模原の事件が、純平の心理に影響を与えたのだ。正也はそう確信していた。

しかし、帰郷した純平が、この部屋に足を運んでくれることがあるだろうか。あったとして彼は、何を話してくれるのだろうか。そして自分は、何を返すべきなのか。

あまり興奮しては体に障るから駄目よ。母はそう忠告した。そんなことはわかっている。だが、どうすればいいのだ。

「ああぅ……」

意味なく声を上げたが、どうにもならなかった。

庭が明るくなった。正午も近くなり、日差しが強くなってきたのだろう。

……いや、いくら真夏とはいえ、あんなにまぶしいことがあるだろうか。まるであれは、いつかテレビの再現映像で見た、原爆の光のようだが……。

と、その光の中から、影が現れた。影はやがて、一人の人間となった。

少女だった。白い、肩からひざ下までつながった一枚布の服(ワンピースといっただろうか?)を着ている。髪の毛は金色。目は青い。肩まであらわな両腕と、裸足の足の周囲に、金色の粉にも見える光が漂っていて、何とも神々しく、清冽だった。

庭とのあいだのガラス戸をどうしたのかわからないが、彼女はいつのまにか、正也のすぐ脇に立っていた。

人を呼ぼう。とっさに正也はボタンに手を伸ばす。

「無駄です。今、時間の流れを止めさせていただいていますので」

彼女はそう言った。

「有安正也さんですね」

とりあえず、肯定(こうてい)の返事をしようと、キー入力ソフトを動かそうとすると、

「大丈夫です。私にはあなたの声が聞こえています」

彼女は答えた。

声が聞こえている——だって？　いったい、なぜ？

理屈で説明のつく存在ではないのかもしれない。正也はとっさに感じた。目の前にいるこの女性——十七歳くらいの少女は、自然を超越した何者かなのだ。〝天使〟。そんな言葉が頭に浮かんだ。

「そういうふうに、私のことを呼ぶ人も多いです」

彼女の耳にはたしかに、正也の内なる声が聞こえているようだった。

なぜ、この部屋に来たのですか？　正也は訊(たず)ねてみた。

「あなたにお願いがあってです。あなたにだけしか頼めないことなのです」

生まれてこの方、タブレット画面などの媒体(ばいたい)を通じずに意思を伝えたことがない正也にとっては、こういった直のコミュニケーションは不自然だった。スピーディーだし、こちらの思いを伝えるのに相手を煩わせることもない。これが会話というものだろうか。

「あなたの弟さん、有安純平さんについてです。今日、純平さんは、この家に帰ってくる

予定ですね？」

ああ、そう聞いている。

「先ほど、東京駅発の新幹線に乗りました。お母さまが車でお迎えに行きました」

そうだな。病院に父を見舞ってから帰るつもりらしいから、ここへ着くのは午後二時前になるか。

「二、三日、お泊まりになるつもりだとか」

そう聞いている。

正也が答えた瞬間、〝天使〟の顔から笑みが消えた。

「純平さんを、今日中に東京に戻していただきたいのです」

えっ？

正也は〝天使〟の顔をじっと見た。

いったい、どうして。

「純平さんは今年、三十四歳になりますね。そろそろ、結婚相手を探すのに真剣にならなければいけない年頃ではないでしょうか」

それは、正也も心配していたことだった。東京で暮らす純平の近況については、両親の口を通じてしか聞いていない。そんな両親の最近の心配はもっぱら、純平の結婚についてだった。けっして、女の人に縁がなさそうには見えないのにねえ……。母はよくそういってため息をつく。

純平が最後にこの家に帰ってきたのは、市内に住む叔父(おじ)が他界した五年前のことだ。軽く話をしただけだが、若いころよりもずっと社交的になった印象だった。見た目だって悪くないし、ビジネスホテルのマネージャーという安定した職もある。その気になれば結婚相手を見つけるのだって難しくはないだろう。

もし純平の結婚を阻(はば)むものがあるとすれば――、それは、自分だろう、と正也は思っていた。

両親はすでに高齢だ。今のところ世話はしてくれているが、それもいつまで続くかわからない。現に、骨折して入院した父がいつ退院できるかもわからない。もし、両親が死んだら……。

ヘルパーは週に三回だけ来てくれるが、それで事足りるとは思えない。頼れる親類はおらず、施設に入所するにも金がかかる。

純平が結婚したら、その妻たる女性には必然的に、正也の負担がかかるというものだった。

――なんでこんなやつが俺の兄貴なんだ。

若き日の純平の罵声が頭の中にこだました。

――お前なんて生きている意味がない。死んでしまえ。

「そんなに卑屈になることはありません」

〝天使〟が口を開く。

「あなたは麻痺はあっても、頭ははっきりしていらっしゃいます。二つ目の評論も、もうそろそろ書きあがる予定ではないですか」

なぜそれを……。

半年ほど前、正也は地元の新聞社が評論の賞を設けていることを知った。ネット環境が整ってからというもの、正也はフリーダウンロードが可能な現代詩の雑誌を読み漁っていた。いくつかの評論を読んで、自分も挑戦できるのではないかと考えていた。賞の存在を知ってから真剣に取り組みはじめ、送ってみた。

結果、評価を受けた。のみならず、地元の出版社からもう一つ書いてみないかと提案されたのだ。その評論がまさに今日か明日くらいには完成を見るところまできていた。

何でも知っているんだな。そう心の中で言うと、〝天使〟はまた、清らかに微笑んだ。

「障碍者に理解のある、責任感のある女性が家族になるとしたら、それはあなたにとっても、素晴らしいことだと思いませんか？」

しかし……、そんなこと……。

「ありえるのです」

〝天使〟は笑みを消し、人差し指を正也の眼前につきつけた。

「それには、あなたの行動が必要です。今から、私があなたにひとつ、【力】を授けます。ただ、これは本当に特別な【力】ですので、今日一日限りとさせていただきます」

何を言っているんだ？

「あなたはその【力】を用いて、純平さんを東京に戻すのです」

正也のほうに顔を近づけ、〝天使〟はその【アイディア】をささやいた。

そんなことができるものか。

「もし、できるとしたら、どうですか。やってみたいとは思いませんか？」

やってみたいとは思いませんか。その言葉は正也の心を掴んだ。タブレットはいつしか、スクリーンセーバー代わりの画像を映し出している。全長七九八メートル、塔高一二六メートル。東京都港区、芝浦と台場を結ぶ美しい橋梁。レインボーブリッジだった。

不意に、右手が握られた。〝天使〟が両手で、感覚もおぼろな正也の右手を握っているのだった。

「あなたは、やるのです」

右手が熱くなる。そして、体の中に、感じたことのないものがじわじわ広がっていった。

6

兼子が《ローズマリー》のドアを開けると、クーラーの冷気が体を包んだ。

「いらっしゃいま……あら」

テーブルを拭いていた志摩子が、兼子のほうを見て、つまらなそうな顔をする。

「お金ならないわよ。もうテナント料で振り込んじゃったもの」

「お客で来たのよ」

志摩子は疑わしげに兼子を見ていたが、「お好きな席へ」と言って、作業に戻った。

客は二組。主婦どうしらしい中年女性二人連れと、営業ふうのサラリーマンだ。時刻は昼の十二時半。昼時にこんなに閑散（かんさん）としている喫茶店、経営がうまくいっていないのは小学生でもわかる。

目当ての、店の奥の席は空いていた。志摩子の趣味で選んだという花柄の壁紙。それを覆い隠すように、高さ一五〇センチメートルくらいの西洋風の衝立（ついたて）がある。兼子はその衝立を背後に、椅子に腰かけた。

「何にするの？」

「アイスコーヒー」

「それだけ？　ランチ頼みなさいよ」

「食べてきちゃった」

志摩子は呆(あき)れて物も言えないというように肩をすくめると、カウンターの中へ戻っていく。雇われマスターが志摩子の言葉にうなずき、奥へ消えていった。

もう一度さりげなく、店内を見回す。中年女性二人はランチプレート。サラリーマンはカレーライス。皆、もうすぐ食べ終わる。迷惑は最小限だ。

兼子はバッグの中に素早く手を入れ、持参したＡ４のシールシートを摑み取った。

カウンターの中の姉に見えないように台紙をはがし、衝立の後ろに手を入れ、壁に貼る。もう一枚、もう一枚……あれよあれよという間に、七枚のシールの〝スタンバイ〟が終わった。

「おまちどお」

志摩子がアイスコーヒーを運んできた。

「ねえ。なんか、がさがさいってない？」

兼子は言った。

「がさがさ？」

「そう。この天井かな。何か、虫が這うような音がしたんだけど」

「気持ち悪いこと言わないでよ。二か月前に掃除したばかりよ」

くるりと背を向け、志摩子はカウンターに戻っていく。アイスコーヒーを一口飲むと、兼子は立ち上がり、店の出入り口近くにあるトイレに入った。いよいよだ。用を足すこともなく水だけ流し、手を洗って出てくる。

自分の席に戻ろうとしたところで立ち止まり、大きく息を吸い込む。

「きゃああ！」

叫びながら、目に力を入れた。三人の客と雇われマスター、それに志摩子が驚いた様子で兼子を見る。

「今、そこ、ゴキブリ……」

「ゴキブリ？」

「そうよ」

えいっ。〝天使〟に教わったように念じると、かさかさと衝立の後ろからゴキブリの形が出てきた。まず椅子を蹴って立ち上がったのは、カレーライスのサラリーマンだった。

遅れて、二人の女性客も「やだ」と眉を顰める。

えいっ。兼子はさらに力を入れる。

がさ、がさがさがさ……。続いて五、六匹が衝立の後ろから這い出てきた。さすがにこの光景には女性客たちも耐え切れず、

「きゃあああああっ！」

叫んで立ち上がる。しかしもっとひどかったのは志摩子だった。

「かっ、かねこ！　退治して。お願いだから、一生のお願いだからぁっ！」

縋りついてくる。肩の生地が伸びてしまいそうだと思いつつ、愉快な気持ちを押し込める。

「いやよ。私だって嫌いだもの」

そう言いつつ、さらに力を籠める。がさがさ、などという生易しいものではなかった。まるでアフリカのサバンナを移動するヌーの大群のように、何十匹ものゴキブリが出てきて、壁という壁、天井、床に散っていく。

「ぎゃあああっ！」

「ちょっと、何よこれ、何よ！」

客たちは金も払わず、兼子の脇を抜けて出ていく。

「ひばああ！」

聞いたこともない悲鳴を上げ、志摩子はテーブルの上へと飛び乗ったが、すぐ頭上の天井にゴキブリがやってくるや、頭を抱えてしゃがみこむ。靴に弾かれた砂糖壺が落ちて割れ、砂糖がそこらじゅうに散った。雇われマスターは果敢にもデッキブラシを取り出し、壁や床を叩きまわっているけれど、そこらに傷がつくだけで全然ゴキブリをしとめることはできない。だってこの気持ちの悪いゴキブリたちは、さっき衝立の向こうの壁に貼ったシールシートに描かれていた「絵」なのだから。

「殺して、殺してよォ！」

志摩子は頭を掻きむしり、泣きべそをかいていた。

自ら作り出したこの世の地獄のような光景。兼子は笑いを我慢するのに必死だった。

7

ＪＲ長野駅に着いたのは、午後一時二分のことだ。東口のペデストリアンデッキの階段を降り、バスの停まっているあたりを抜けて行くと、母の車が見えた。

助手席のドアを開けて乗り込む。

「あらまあ、おかえりなさい」

母はやけに陽気だった。カーラジオを聞いていたらしい。

「珍しいじゃないの、こっちに帰ってくるなんて」

「少し、休みが取れたから」

つとめて明るく返しながら、純平はシートベルトを締める。母は車を発進させた。

「こっちも暑いけど、東京も暑いでしょう」

「ああ、まあね」

「お父さん、赤十字病院だから」

「わかった」

車は、放送局の前の五差路を抜け、南下する。病院までは五分もかからないだろう。

しあさってから数日間、そっちに帰ろうかと思う──実家にそう電話をしたのは、神奈川県での障碍者施設の事件があった、二十六日の夜のことだった。マネージャーを務めている《フィクシー御徒町(おかちまち)》で泊まり込みの勤務だったが、やはり頭の中は、事件のことで満たされていた。殺された人たちがかわいそう、という気持ちよりも、ひょっとしたら自分もあの男と同じような思想を持ってしまっていたかもしれないと思うと、軽いめまいや吐き気に襲われるのだった。

顔色が悪いですよ。年下の同僚にそう心配された。大丈夫だと答えながらも、この同僚はあの事件のことをなんとも思っていないのだと考えると、またのめまいがした。同時に、兄の顔が浮かんできた。久しぶりに兄に会いたいとも思った。

少し休んだらどうですか。シフト、なんとかなりますので。

その言葉に甘え、シフトを組みなおす。ただ、木曜日に本社で行われるミーティングには参加しなければならず、金曜から三日間の休暇ということになった。

電話をすると母は喜んだが、すぐに父が入院中だということを知らされた。先週、庭の植木の刈り込みをしていて、梯子から落ち、骨折したのだということだった。

〈それでは、ここでニュースです〉

カーラジオから流れる音楽はやみ、まじめ腐ったアナウンサーの声が聞こえてきた。

〈二十六日未明、神奈川県相模原市の障碍者施設で入居者と職員が殺傷された事件で、警察は……〉

また、あのめまいに襲われる。母に悟（さと）られまいと、運転席とは逆の窓のほうを向いた。

「怖い事件よねえ、これ」

「ああ……」

それきり、母は沈黙した。重い障碍を持つ息子を育て続けてきた母親が口にするこの言葉には、それだけの重みがある。のみならず母は、純平が突然帰省した理由が、この事件にあることを、なんとなく悟っているようだった。兄貴はどうしている？　そんな質問が喉まで出かかったが、かえって訊きにくくなってしまった。

結局、その後は会話のないまま、病院に着いた。

「元気そうだな」

病室で迎えた父は、純平の顔を見て言った。昔から、笑顔を見せたことのない父親だった。趣味らしい趣味も持たず、庭の植木だって、死んだ祖父が大事にしていたものだからという理由でなんとなく世話をしているだけのものだった。

「ああ」

「どうだ、仕事は」

「まあ、普通」

「そうか」

あまり意味を感じない会話だった。東京で身に付けた人当たりの良さも、この父親の前では発揮する気は起きなかった。もとより、あまり精神が健全ではない状態だ。

「やあねえ、久しぶりに会ったのにそんな、マネキン人形どうしみたいな話で」

ボストンバッグから取り出した着替えを、枕元の棚に整えながら、母が笑った。

「お父さん、気にしてたじゃないの。訊きなさいよ、純平に」

「いや、いいんだ……」

父は面白くなさそうに、ギプスで固められた自分の足に目をやるだけだった。

「なんだよ」

「純平のお嫁さんの話よ。あんたも今年、三十四でしょう。お父さんもお母さんも、楽しみにしているのよ、あなたがお嫁さんを連れてくること」

その話か。純平だって、結婚願望がないわけではない。だが、いざ相手を得ても、兄のことを隠すわけにはいかない。もし結婚するとなれば、負担をかける。そう思うと一歩が踏み出せないのだった。先日、久男が合コンに誘ってくれたのだって、あまりに結婚相手探しに消極的な純平を見かねてのことだった。キャンセルしてしまったのは悪いと思うが、やはり今はそのような気分になれないし、その話をするつもりもない。

「子どもだって作るとしたら、早いうちがいいでしょう。東京は保育園に入れるの難しいっていうから、こっちに帰ってきてもいいのよ」

帰省に関しては気持ちを酌んでくれる母だが、こういう話になるととことんまで鈍感だ。

「もういい。あまり押し付けるんじゃない」

父がたしなめた。

「押し付けるなんて人聞きが悪いわ。息子のことを考えて何が悪いの。こういうことはあんまり言う機会がないんだから言えるときに……あ、ちょっと待ってね」

そういうと母は、ポケットに手を入れた。スマートフォンだった。

「西崎さんだわ、どうしたのかしら。……もしもし？」

話が打ち切られたのに純平は安堵したが、

「はい？　どういうこと？　……いなくなったって？　えっ⁉」

母の顔が、見たことのないくらいに青ざめている。純平は戸惑った。

「とりあえず、今すぐ戻りますから。……そこにいてください。はい。……そういうのはまだいいから。……とにかく、いなさい、そこに！」

怒鳴りつけてスマートフォンを切ると、青い顔で純平のほうを見た。

「正也が、いなくなったって」

8

ピンクのゼッケンの３番――味方からのパスが、黄色の８番の頭上を越えて、ピンクの

4番の前に落ちた。その前には、黄色の7番が迫っている。ピンクの4番は彼を抜こうと試みるが、どうもドリブルがもたついている。そうこうしているうち8番も向かっていく。4番と健吾と彼の間には、敵はいない。

「ヘイ！　パス！」

健吾は手を上げ、走った。ゴールをちらりと見る。キーパーは塩屋だ。背が高く手足も長いが、動きは機敏(きびん)とは思えない。4番のパスが通り、絶好の位置でバウンドする。残り時間は数秒。これが最後のチャンスだ。トラップ、続いて、右足の甲でボールを捉(とら)える。塩屋が手を伸ばす。ボールは右に逸(そ)れ、塩屋の手が届かないであろうことは目測でわかった。ゴールに向かっていくボール。入った、そう直感した。

だが、ボールはゴールポストに当たり、弾かれた。同時に、試合終了を告げる電子音が鳴り響いた。

「よーし」

黄色いゼッケンの連中が両手を上げ、お互いをたたえ合う。三対四。健吾たちの負けだ。

「ちくしょう！」

健吾はフィールドの人工芝を蹴った。

「ナイスファイト、仕方ないっすよ」

味方の一人が近づいてきて笑顔を向ける。塩屋が連れてきた友人だが、名前は何と言ったか覚えていない。「ああ」と返し、共にコート脇の荷物置き場へ向かう。ペットボトルのスポーツドリンクを流し込むと、頬を汗が伝って流れた。

阿佐ケ谷駅から徒歩十五分くらいのビルの屋上だった。以前は閑古鳥の鳴くゴルフの打ちっぱなし練習場だったが、フットサルコートに変わってから盛況のようだ。五時を過ぎてからはなかなか予約が取れないため、こうして平日の三時から二時間の枠で取り、午後休みを取って集まっている。他の連中も、時間に融通のきく仕事をしている者ばかりだった。

「健吾さん、全然ダメだったっすね」

塩屋が話しかけてきた。

「は?」

「最後のキック、全然外れてたじゃないですか」

ニヤニヤと笑っている。こいつ、何のつもりだ? 健吾はスポーツドリンクをもう一口飲んでから、キャップを閉めた。

「そんなことねえよ。もう少しで入りそうだった」

「いやあ、どうかな。コントロールが全然よくなかったような。スピードも遅かったし」

「お前、手、届いてなかったじゃねえかよ」

「枠に入ってないってわかったからわざと引いたんですよ」

健吾は睨みつけた。

「おい、やめとけよ」

黄色の7番が塩屋をたしなめたが、やつは相変わらずニヤニヤしている。一瞬にして、頭に血が上った。

何も言わず、塩屋のシャツの首元を摑んでひねりあげる。こうされたらいつもなら情けなく謝るところだ。だが今日は、まったく怯(ひる)まない。

「なんすか。暴力しかないんですか。頭が悪いっすもんね、健吾さんは」

「んだと、てめえ！」

完全に切れた。殴りつけようとしたその腕を、周囲から止められた。

「やめましょう健吾さん。おいナルオ、お前、謝れよ」

「下手くそじゃないっていうんなら、証明してくださいよ、健吾さん」

仲間に引き止められながら、塩屋はさらに挑(ちょう)発(はつ)的な言葉を投げかけてきた。

「証明だと?」

「PKで勝負しましょうよ。俺がキーパーで。もし健吾さんがゴールできたら、俺、謝りますよ」

　おいおい、今すぐ謝れよ、やめようぜ、楽しく楽しく……塩屋の友人がなだめようとするが、塩屋は気持ちの悪い薄笑いを浮かべたままだった。

「うるせえ！」

　健吾は周囲のやつらを一喝した。

「やってやるよ。ゴール前に立てよ」

　塩屋はうなずき、ゆっくりとしたしぐさでゴールに向かう。他の面々が静まり返る中、健吾はボールを足で転がし、ゴール前六メートルのペナルティマークに置いた。

「あれえ、そんなところからでいいんですか」

　塩屋がまたつっかかってきた。そして、健吾の前まで来たかと思うとひょいとボールを拾い上げ、ゴールのほうへ近づき、置いた。

「おい……」

　見ている連中がざわめく。ボールとゴールの距離は、二メートルほど縮まった。これじゃあ、入らないわけがない。

「ナルオ、あまり、ナメるなよ」

「どうでしょう。あんなヘナチョコキック見せられて、ナメずにいられる人間のほうが珍しいと思いますけどね」

狂っちまったのか、こいつ。まあいい。俺を侮辱するとどんな目に遭うか思い知らせてやる。いっそのこと、このままこのボールをやつの顔にぶち当ててやってもいい。ゴールにはならないだろうが。……いや、こんなくだらない勝負、そもそもどうでもいい。やつの顔にボールを沈めてやろう。

塩屋はゴールまで戻るとくるりと振り向いた。

「いつでもどうぞ」

その足は揃えられたまま。両手も体の脇にだらりと下げられたまま。なんだこいつ。これじゃあ左右どっちに球が飛んでも反応できないじゃねえか。

顔から笑みは消えているものの、その目には力がこめられ、じっと、健吾ではなくボールを捉えている。まるで健吾の動きになど興味がなく、今さらながらにボールの形や素材を観察しているかのように。

気味が悪いが、的としては好都合だ。健吾はボールから距離を取った。

「死ね」

軽くつぶやくと、勢いをつけた。タイミングはばっちりだ。

健吾の右足の甲が、吸い込まれるようにボールにミートした。

9

実家へ戻ると、玄関のところで二十代の小太りの女性が待ち構えていた。週三回、正也の世話をしにやってくる西崎というヘルパーだと、母が紹介した。

三人で連れ立って、兄の部屋へ向かう。

庭に面した畳敷き六畳の部屋だった。壁じゅうに、日本全国、世界各国の橋の写真をプリントアウトしたものが飾られている。半身を起こせるようなベッドは昔と変わらないが、テレビが新しくなっており、DVDプレイヤーやプリンターがあった。

「十一時にここを離れて、キッチンのほうでお昼ご飯を作らせていただいていたんですよ……」

西崎は、眼鏡(めがね)の向こうの目に涙をためていた。

「調理時間はものの十分といったところです。終わって、様子を見に来てみたら、正也さんがいませんでした」

狭い家の中を西崎は探したが、どこにも兄の姿はなかった。縋るような気持ちで、母に電話をかけた。

「こんなことは初めてです……」

「私だって、初めてよ！」

母は焦燥（しょうそう）と興奮で、声を荒らげた。

「周辺は探したの？」

「一応、探しました。いつも散歩をする公園のところまで。でも、いませんでした」

「いませんでしたって……あなた、責任問題よ！」

「落ち着けよ」

純平は母をなだめる。

「自分じゃ、外にも行けないんだろ？」

兄の使っている車椅子は、電気式で動かせるようなものではない。そもそも、右手の人差し指と中指しか自由が利（き）かないので、レバーを動かすことがままならないからだ。

「まあ、たしかにそうなんだけど……、じゃあ、どういうことなの」

「あの、誰かに連れ去られたということはないでしょうか？」

「まさか」純平は否定した。「兄貴を連れ去って何の得があるっていうんだ？」

「正也さんは最近、新聞社の主催する評論の賞で評価されたんです。それで、落とされた人の恨みを買っているようなことを、おっしゃっていました」

あの兄貴が評論で……？　しかし、ありうることだった。体こそ動かないものの、頭ははっきりしている。母によれば最近はスマートフォンを使いこなし、あちこちの難しい文献を読み漁っているそうだ。専門外のことなのではっきり言えないが、文章を書くツールもあるなら、評論の一つくらい仕上げることはできるのだろう。

純平は廊下を振り返った。正也の部屋から見て廊下の向こうに庭に面したガラス戸がある。庭石の間を、車椅子が通りやすいように煉瓦(れんが)で道が作ってあり、その道に向けてスロープまで設置してある。いつも、外に行くときはここから出るはずだ。

しかし、ガラス戸のクレセント錠は降りたままだった。

「この鍵はかけられたままでしたか？」

「そうです」西崎は答えた。「でも、最近は玄関から出ることも多くて……」

純平は玄関へと向かう。母と西崎もついてきた。兄の部屋から玄関までの廊下は、台所を経由しない。西崎に見つからずに玄関まで行くのはわけないだろう。しかし玄関には、三和土(たたき)に段差があり、とても車椅子で降りられそうにはない。

「その板を、スロープの代わりにするんです」

純平の疑問を先取りし、西崎は靴箱の横に立てかけてある板を指さす。

「……何者かが連れ去ったとして、そいつは、板を戻していくでしょうか」

「はい？」

疑問の意味がわからないというように、西崎は純平の顔を見た。

「一刻も早く兄貴を連れ去りたいなら、板なんかそのままにしておきません？」

「もう！」

母が怒鳴る。

「何を細かいことを言っているのよ。とにかく、警察に電話しましょう！」


警察がやってきたのは、午後三時のことだった。昼食を作りに兄の部屋を離れ、再び戻ってくるまでのことを、西崎は四度も話すことを強要された。警察官たちは家の周囲を探したものの、兄を見つけることはできず、時間ばかりが経過した。

「いったい、どこに行ったのかしら」母は憔悴(しょうすい)しきった顔で、ソファーに沈み込んでいた。

「こんな不思議なことって、あるのかしらね」

神隠し。そんな言葉が純平の頭の中に浮かぶ。子どもがある日、忽然(こつぜん)と姿を消す。探しても探しても見つからない。天狗(てんぐ)か、神か、先祖の霊か。そういった、人知を超えた何かが連れ去ったのだという。――小学生の頃から馬鹿にしていた類(たぐい)の話だった。だが現実にこうして、物理的に消えることができないはずの兄が姿を消した。何か、信じがたい者の

【力】を感じずにはいられない。

信じがたい者。前に誰かから、そんな不思議な存在の話を聞いたことがなかったか。あのときは馬鹿馬鹿しくて聞き流したが、あれは――そう、久男から聞いたのだ。

「すみませんが、弟さんにも今一度、お話を聞かせてもらえますか」

警察の担当者がリビングに入って来るなり、純平に言った。

「はい」と腰を浮かせた瞬間、電話が鳴った。いちばん近くにいた純平は、反射的に受話器を取った。

「はい、もしもし?」

〈そちらは、長野市の有安正也さんのお宅でよろしいでしょうか?〉

中年の男性の声だった。

「そうですが」

〈こちら東京の港区にあります、警視庁湾岸(わんがん)警察署の者なんですが。有安純平さんはいらっしゃいますか?〉

「はい。私です」

答えながら、純平は混乱した。警視庁? 港区? なぜ俺の名を?

〈今、うちの署でお宅の正也さんをお預かりしているんです〉

「お預かり……。何かの勘違いじゃないですか？　兄は脳性麻痺で、車椅子に乗っています。自分では動けないはずです」

〈ええ。そうお見受けいたします。しかし、車椅子に固定されたタブレットでコミュニケーションは取れますね？　それで、こちらの電話番号をお聞きしたんですよ。正也さんは、純平さんにお迎えに来てもらいたいとおっしゃっています〉

「まったく話が見えません。なぜ、兄がそちらに？」

〈こちらが訊きたいですね。あんなところに置き去りにするなんて〉

「あんなところ……」

はあ、と、受話器の向こうでため息が聞こえた。

〈レインボーブリッジの、ど真ん中ですよ〉

10

午後の休憩を取っていると、やけに店のほうが騒がしくなった。ドアが開いて、木下さんが飛び込んできた。

「矢島さん」

興奮していた。また何か怒られるのだろうかと律花は身構えたが、その顔にはむしろ、喜びの色が見えた。

「今日の夜、やっぱり私が入るわ」

「はい？」

ついこのあいだ、シフトを代われと言われたばかりだ。こんなわがままはいつもの通りなのでただうなずいていればよかったが、そのただならぬ様子が律花は気になった。

「どうしたんですか。いとこが北海道から来るって」

「いとこになんていつでも会えるわよ！」

平手でテーブルを叩きつける。

「とにかく、私と代わりなさい。バイト代、二人分も出せないんだからね」

別に帳簿をつけているわけではないだろうに。木下さんはずいと律花のほうへ近づいてくると、

「何やってるの。休憩終わり。はい、店に戻って」

律花を外へと追い出し、ドアをぱたんと閉めた。

店へ戻ると、男性の客が三人来ていた。ブルゾンを着た二人はホールの隅っこに立ち、額（ひたい）を突き合わせて何かを相談している。もう一人のこぎれいなジャケットを着た一人はカ

ウンターに一枚の冊子を置き、厨房にいる店長と話し込んでいた。

　律花が手持ち無沙汰に佇んでいると、店長が振り返った。

「ああ、矢島さん。こちらは、テレビ局の人たち」

　ジャケットを着た人が、軽く会釈をする。

「今夜、営業が終わった後、うちの店で撮影したいんだって」

「今夜、ですか？」

　今放映中のドラマの、食事のシーンということだった。それにしても、今日相談に来て、今夜撮影とはずいぶん急だ。

「本当はね、《ローズマリー》さんで撮影することに、もう二週間も前に話がついていたそうなんだよ。でもあの店、急に閉まっちゃったじゃない」

《ローズマリー》が閉店となったのは、昨日のことだった。オーナーの近松志摩子さんが挨拶に来たとき、律花はホールで接客中だった。近松さんによれば、店に大量のゴキブリが出たのが理由だという。一度に百匹ほど出て、一匹も駆除できないままゴキブリたちは隠れるようにどこかに潜んでしまったというのだ。

　駆除業者頼めばいいじゃないと店長は言ったが、「あんな光景、思い出すだけでまっぴらよ」と、目を剝かんばかりの勢いで近松さんは否定した。この店も気を付けたほうがいいわよ、と言い残し、近松さんは出ていった。

「近松さん、あの後こちらさんに連絡して、『撮影するなら勝手にやってほしい』って言ったそうなんだ。でもこちらさんも、撮影中にゴキブリにたくさん出られちゃかなわないし、第一、大事な俳優さんたちをそんな店に入れるわけにもいかないだろう。まあそれで、近松さんはうちを紹介したらしいんだよ」

「本当に急なことで、すみません。放送まで、時間がないものですから」

ジャケットの人はぺこぺこと頭を下げる。

「神島翔くんも来るらしいんだよ」

テレビをあまり見ない律花は知らないが、今、人気の出てきている俳優だそうだ。

さっきの木下の興奮の意味が、ようやくわかった。夜のアルバイトに入り、そのあと行われる撮影を見学する魂胆だろう。その俳優のファンなのかもしれない。

「さっき、木下さんと今夜のシフト、代わりました」

店長が「あっそう」と返事をすると同時に、ドアが開いて、客が入ってきた。

「いらっしゃいませ」

いつもの、緑のキャップを被った男性だった。カメラテストをしているスタッフたちに怯んで足を止めた。

「あ、大丈夫です。気にしないでください」

律花が笑顔で言うと、彼は軽くうなずき、壁際の二人席に腰かける。ほぼ毎日来ているのに必ず律花からメニューを受け取り、隅から隅まで目を通してから注文するのだった。

「今日のAランチは海老フライとミニグラタンです」

律花は彼に愛想よく笑いかけていた。久男の合コンに参加できるかもしれない。その期待が、心を軽くさせたのだった。

「ああ……。うん」

普段はあまり言葉を交わさない店員が話しかけてきたことに、その客は明らかに戸惑っていたが、「じゃあ、それで」とメニューを律花に返す。

客もまた、どことなく嬉しそうで、ほくろの二つ並んだ頬が緩んでいた。

11

新幹線は大宮駅を出て、動き出す。つい数時間前も見た、ホテルや居酒屋、病院の看板が窓外を流れていく。あと三十分ほどで、東京に着く。

それにしても……と、純平はまた、兄の正也のことを考え出した。

レインボーブリッジ。芝浦埠頭と台場を結ぶ、東京ベイエリアを象徴する橋だ。その遊歩道に、ぽつんと一人、正也はいたのだという。

遊歩道にはいたるところに監視カメラが設置されており、常に担当者が目を光らせている。正也の車椅子は、突如として現れたらしい。車椅子利用者でも通行することができるが、かならず介助者がいなければならない。周囲に介助者らしき者が見当たらず、かつ、車椅子はまったく動く様子もなかったので担当者は不審に思い、事務所を出てそばまで行ってみた。

車椅子には、スマートフォンとタブレットが取り付けてあり、担当者は彼の名前と出身地を知ることはできたが、どうやって遊歩道に入ってきたのか、正也は言おうとしなかった。駆け付けた警察に保護され、警察官が実家の電話番号を聞き出したというわけだった。

弟の純平に迎えに来てほしい。正也ははっきりとそう告げたという。電話の向こうの警察官に半ば強制されるように、純平は再び母親に長野駅まで送ってもらい、東京行の新幹線に乗ったのだった。

不可解だった。

自ら車椅子を動かせない兄が、ヘルパーの目を盗んで家を出たそのこと自体がまず不可解なのだ。しかも、それが、東京のレインボーブリッジに現れたなんて。空間的に不可能なことだ。子どものころに聞いた神隠しの話だって、ここまで突拍子もない現象ではなかった。まるで瞬間移動をしたような――。

田町久男の話を、今や純平は断片的に思い出しつつあった。

あれはまだ《フィクシー岩本町》時代の、秋葉原殺傷事件が起きたころだ。ホテル内で議員秘書が首をくくった。柳ケ瀬修というその議員秘書は《フィクシー岩本町》を定宿としており、純平のことを気に入ってくれていた。女性を紹介してくれる約束をしていたのに、その直後に首を吊ったので、怪しいと純平は思ったものだった。

あの事件で警察が出入りしている中、久男が何かを現場となった部屋にいる刑事に話しに行ったことがあった。フロントに戻ってきた久男に、何を話したのかと訊ねたときにあいつが話したのが、〝白い服の女〟の話だった。

幼稚園のころ、歌を歌っているときに、不思議な女を見た、というような話ではなかったか。金髪の、外国人のような見た目で、白い服を着ていたとか。

事件当夜もその服の女を見たと、久男は言っていた。オカルトの話だと思った瞬間、まじめに聞くのをやめてしまったので、それ以上詳しいことは思い出せない。

ただ、「白い服の、金髪の女」というイメージだけは、頭の中に居座っている。

窓の外が真っ暗になった。地下に入ったのだった。ということは、上野まではあと少しのはずだ。

案の定、すぐに音楽が鳴りはじめた。二つ前の気の早い客が立ち上がり、棚からスーツケースを降ろそうとしている。

――と、その動きが止まった。

彼だけではない。まるでラジオを切ったような静寂だった。アナウンスも、ごーっという音も聞こえない。窓のほうに目をやる。新幹線は停車し、トンネルの壁の、セメントの継ぎ目まではっきりわかるくらいだった。

「純平」

不意に、声が聞こえた。通路側に目を移し、驚いた。

車椅子に乗った正也がいた。最後に会った五年前より少し太った印象だった。相変わらず天井を見上げ、目はうつろ。口は開けたままで、乱れた歯並びが丸見えだった。

「悪かったな、戻ってもらって」

正也の口は動かない。声は、純平の頭の中に直接響いていた。聞いたことのない声だが、兄の声だと実感できた。

「どうしたんだ。レインボーブリッジだなんて」

そんなことが気になっていたわけではないが、思わず訊いてしまった。

「俺、橋が好きなんだよ。知ってるだろ」

「知ってるけど……」

「一度見てみたかったんだ。レインボーブリッジ。だけど、間抜けなもんさ。遊歩道に移動してしまったら、橋そのものは眺められないんだから」

兄の声は笑っていた。錯覚かもしれないが、表情も穏やかに見えた。

「『移動』ってなんだよ」

「そういう【力】をある人に授けてもらったんだ。【念じた場所に移動する力】。今日一日だけだそうだがな」

頭の中に、〝白い服の女〟がちらついた。

「それより純平。お前、どうして急に帰ってこようなんて思ったんだ」

「いいだろ、思いついたって」

「相模原の事件がきっかけか？」

答えることができなかった。

「一応、『ありがとう』と言っとくよ」

「なんだ、『一応』って。勘違いするなよ」

何を言ってもこの兄にはかなわない。そう認めるのも嫌だった。障碍者のくせに。昔は何度もそう思った。しかし、兄は常に、純平のことをお見通しなのだ。上京して、社会人としての経験を積んで、頼られるようになってもなお、長野の六畳間を自力で出ることすらできない兄に勝てないのだった。

「それはいいとしてお前、今日、予定があったんじゃないのか？」

「予定……ああ、たしかにあったが。なんで知ってるんだ？」

「ある人に教えてもらった。いいか。その予定を遂行(すいこう)しろ」

「遂行ってほどのものじゃない。合コンだ。キャンセルしたからいいんだよ」

「合コン……ははあ……」

兄は何かに納得したようだった。

「なんだよ」

「ますますお前には、その予定に戻ってもらわなきゃならない」

「はあ？」

「お前、俺のことが気にかかって、結婚相手探しに踏み切れずにいるんじゃないのか」

「今、そんなことは関係ないだろ！」

「いいか。俺のことは心配するな」

勝手なことを言うな。その言葉は飲み込んだ。

「……親父もおふくろも、あと何年兄貴の面倒を見られるかわからないだろう。そうなったら俺が……」

「施設に入れてもらう。金は自分で払う」

「自分で？　その体でどうやって稼ぐっていうんだ」

評論。さっきヘルパーから聞いた言葉が頭をかすめていった。

「大丈夫だ、任せておけ。お前の奥さんに迷惑をかけるようなことはないようにする」

兄は自信満々だった。しかし、まあいい。今の純平が兄に対して言いたいのはそんな言葉ではない。

「兄貴のことを迷惑だと思うようなやつと結婚するつもりはない」

純平の記憶する限り初めて「饒舌（じょうぜつ）」だった兄は沈黙したが、やがて言った。

「ありがとうな。しかし、それでお前が二の足を踏むのは、やはり俺の本意じゃないんだ。『心配するな』という言葉がかえって負担なら撤回（てっかい）しよう。自分のために、おふくろと親父のために、そして少し俺のために、真剣に相手を探せ。今日予定していた合コンには参加するんだ」

ひょっとして、それが理由か？　純平の中で何かがつながってきていた。

【念じた場所に移動する力】を得た兄は、純平が帰ってくるタイミングでレインボーブリッジに移動し、警察にわざと保護される。弟に迎えに来てほしいと警察に言えば、純平を東京へ呼び戻すことができる。次に新幹線の車中に移動し、純平を説得し、久男の合コンに参加させる……。

馬鹿な、ともう一人の自分が言う。しかし、もうすでに、信じられないことは目の前で起こっている。

「純平。それからこれだけは言っとくぞ」

兄の声は告げた。

「俺はな、この人生をじゅうぶん楽しんでいる。障碍者がみんなつらい人生を送っていると思い込んでいる心のほうが、ずっと不自由だ」

お前にならわかるだろう。その余韻がずしりときた。鼻がつんとして、何年経っても説教くさい兄に、無性に腹が立った。

「……早く戻れよ。おふくろ、心配してるからな」

「馬鹿なことを言うな。この【力】は今日限りだと言ったろ。家に戻る前に、行ってくるさ」

「どこにだよ？」

「そうだな。まずは……サンフランシスコの、ゴールデンゲートブリッジかな」

次の瞬間、トンネル内の耳障りな音が頭を通り抜けた。上野に近づいているアナウンスも復活し、あの乗客はスーツケースを降ろし終えたところだった。

純平は、兄の消えた通路をしばらくぼんやり眺めていた。だが、やがてスマートフォンを取り出し、通話記録から久男の電話番号を表示させた。

〈もしもし？　有安さんですか？〉

久男は、すぐに出た。

「純平。今日、やっぱり行ってもいいか？」

〈ああーっ、よかったあっ〉

深い安堵の声だった。

「どうしたんだ」

〈実は有安さんの代わりに出席を頼んでいた後輩がいたんです。でもそいつ、急に来られなくなって、またこっち三人になったところで……。そういうわけで大歓迎です。店は、このあいだ送ったところです。待ってますんで、よろしくお願いします！〉

12

新宿駅の東南口改札を出ると、待ち合わせしていた三人はすでに来ていた。好美（よしみ）以外は、三年前の同窓会以来だった。

「久しぶり。ごめんね、もう来てたんだね」

律花が声をかけると、三人は笑った。

「みんな、今来たところだよ」

「よかった。向こうは、もうお店に入ってるって」

連れ立って、歩き出す。

「律花が来てくれてよかったよ。中学の同級生って言っても、私、久男くんの顔、あんまり憶えてないんだよね」

香織はばつが悪そうに笑う。無理もない。彼女が久男と会ったのは、もう三年も前のことだ。それだけの面識で彼女に任せようとしていた自分のほうが悪い。

香織に謝りつつ、店を目指す。

目立つ看板だったので、すぐにわかった。狭い階段を降りて、地下へ。重い木の扉を開き、店員に久男の名前を告げると、案内された。

ホールの中央の十人掛けのテーブル。その片側に、三人の男性が座っている。

「お待たせ、久男。あれ……三人？」

「いや、もう一人。申し訳ないけれど遅れてくるって。どうぞ、座ってください」

久男は立ち上がり、席を勧める。他の男性二人も立ち上がり、挨拶をする。久男がビジネスホテルでアルバイトをしていたときの仕事仲間だそうで、二人ともおとなしそうだった。

「矢島。お前は、そこな」

律花の席だけ、久男は勝手に指定した。正面には誰も座っていない。遅れて来るという人の席だ。

幹事役の久男が先にはじめていようというので、飲み物を頼む。

人気の店らしく、注文が来るまでに、どんどん客が入ってきた。律花たちが入ったころには静かだった店内が、だんだんとにぎやかになってくる。

飲み物が来て、乾杯はしたけれど、あと一人がもう少しで来るから待っていてくれと久男はまた言った。

「実はその人、一度は今日来られないって言い出したんだ。それで急遽大学の後輩に来てもらうことにしたんだけど、その後輩、さっき、フットサルで足を怪我して病院に運ばれたらしくてさ」

「病院？」

久男の隣に座っていた男性が訊いた。

「思いっきり蹴ったボールが、地面から離れなかったらしい。それで、足首を骨折したんだってさ」

「なんだよ、地面から離れなかったって」

「知らねえよ。電話でそう言ってたんだ」

律花を含め、女性陣はその話題には興味がなかった。なんだかだんだん、場がさめていく。でも、自分が進める立場じゃないことを、律花はわかっていた。

「すまない、遅れて」

ジャケット姿の男性が入ってきたのは、そのときだった。久男がほっとした顔で「そこです」と律花の前の席を示す。

「ごめんなさい。有安純平です」

座らず、頭をぺこりと下げる。

「有安さん。自己紹介はまだ、待ってもらってます」

「えっ？」

顔を上げてきょろきょろするそのしぐさが面白く、律花は笑ってしまった。律花のほうを見る有安さんと、初めて目が合った。

どくん、と心臓が動いた。

運命の相手と会ったときには、すぐわかる。そんな話を何度か小説や映画で見聞きしたことはある。そのとき律花は、初めてそれを信じる気になった。

けっしてハンサムじゃないし、好みかどうかと訊かれてもはっきり「はい」とは言えない。まだ一言も会話を交わしていないから性格が合うかどうかもわからない。

でも、律花は確信できた。

今日、私は、この人と出会うために、この場に引き寄せられて来たのだと。

13

有安純平さんは、やはりとても感じのいい人だった。ビジネスホテルのマネージャーというきちんとした仕事を持ち、目標もしっかりしている。

食事の時間は楽しく過ぎているが、一つだけ、律花には気になることがあった。

純平さんの肩越しに見える二人掛けの席。いつ来店したのか、長髪で黒縁メガネの男性が一人で座ってビールを飲んでいる。彼が時折、こちらの席を観察しているように思えるのだった。知り合いかと疑ったが、長い前髪と暗い照明のせいで、よく顔は見えない。

純平さんの話を聞き逃してはいけないと思うけれど、折にふれて、視界の隅に入るその男性が気になってしまう。

乾杯から三十分ほどがすぎ、その男性が立ち上がるのが見えた。荷物を持っているので、退店するようだ。よかった。これで気にならなくて済む。

「どうかしたの？」

純平さんが、律花の顔を覗き込んでいた。

「いいえ。なんでもないです。大丈夫です」

答えた、そのときだった。

背後で、ガラスが割れる音がした。

どさりと何かが床に倒れる。女性店員の悲鳴。

律花は振り返った。一人客の男性が床に倒れ、喉を押さえて転げまわっている。白目を剝き、口からは血の泡が垂れている。

「きゅ、救急車！」

香織が叫ぶ。「はい！」と、青ざめた女性店員は奥へ走った。

律花は、自分の足ががたがたと震えるのがわかった。

床に頰をつけ、すでに白目を剝いて動かなくなったその男性の頰には、大きなほくろが二つ、並んでいた。

第五話　ほかならぬ、あなたには

1

二〇二〇年四月十二日、日曜日。午後八時三十二分。千葉県船橋市、船橋医療センター。

がん治療病棟三階の三〇二〇号室のベッドに、矢島正成は横たわっている。矢島は、胃がんに侵されていた。

初めに発症したのは二〇一八年の一月だった。前年の暮れに娘の結婚式が執り行われ、新年の祝賀の雰囲気と相まって、矢島家は幸福に包まれていたが、胃がんの発覚によって雲散してしまった。

切除手術は成功したが、一年後に再発。再び手術したものの、他の臓器に転移が認められていたため、抗がん剤治療に切り替え、入院生活を余儀なくされた。体が動くうちは一時退院なども認められたが、やがてそれも叶わなくなり、今年の初めには二週間ほどの昏睡状態にも陥った。

その後、テレビを見たり会話をしたりする余裕があるくらいには回復したものの、日に日に体力がなくなっていくのが自分でもわかり、三月に入ったくらいから意識が飛ぶことが何度もあった。三月中旬以降寝たきり状態となり、今が午前なのか午後なのか、看護師の気配で悟っている程度だった。

今夜が山。自分でも、それがわかっていた。

「矢島さん、聞こえますか？」

ベッドの脇にいるのは看護師の飯田だ。その声ももう、まるで靄がかかったように聞こえる程度だった。

「奥さんと息子さんがいらっしゃいましたよ」

目を開ける。ベッドの脇に、美恵子と幸延の姿が見えた。二人とも、マスクを着用している。その着用理由を、矢島もじゅうぶん知っていた。

新型コロナウイルス。――昨年末に中国で確認されていたというそのウイルスは、今年の初めになって武漢で急激に感染者を増やしていった。日本にその脅威が押し寄せてきたのは二月の後半だ。世界一周旅行中の豪華客船に台湾から乗船した客から感染が広まっている事実が発覚し、当該客船は横浜港に接岸されたまま、乗客は軟禁状態にされた。

そこまでは矢島も病室のテレビで見て知っていたが、やがてそれもままならない状態になってしまった。ただ、美恵子が見舞いのたびにもたらす情報から、事態が悪化の一途をたどっていることはわかっている。ウイルスは世界に蔓延し、ヨーロッパや北米で多くの死者を出しているらしい。日本でも政府が緊急事態宣言を出し、不要不急の外出は控えるようにと要請されているとのことだ。

（大変なときに、よく来てくれたな）

声は、もう出ない。ただこうして、二人の顔を見られるのだけが救いだった。

「あなた、聞こえる？」

美恵子が声をかけてきた。

「律花（りっか）、さっき陣痛が始まったわ」

「向こうは純平さんに任せて、俺たちは父さんの様子を見に来たんだよ」

「今夜中に生まれるわよ。正義（まさよし）ちゃん」

（そうか……）

心が休まる思いだった。

二〇一七年の暮れ、律花は結婚した。友人の主催した飲み会で知り合い、約一年半の交際期間を経（へ）てのゴールインだった。相手の有安純平はビジネスホテルを経営する会社に勤（つと）める好青年。中途採用ながら、グループのホテルのバリアフリー化を推（お）し進める姿勢が認められて、今ではその担当部長を任されるまでになっている。長らく目標もなく洋食屋のアルバイトを続けていた律花にはもったいないくらいの相手だと、矢島は満足していた。

律花と純平の結婚は、矢島に平静をもたらした。小学校の高学年以来、律花とは会話らしい会話もなく、ずっと決裂状態だったといっていい。大学卒業を機に律花が家を出て行ってから、話をしたのは一度きり。しかも、矢島のほうが激高してしまい、以来、律花は矢島の前に姿を現さなくなっていた。

そんな矢島と律花の仲を取り持ったのが純平だった。後から聞けば、会いたくないと渋る律花を叱咤し、父親の承諾を得なければ結婚することはできないと言い張ったのだそうだ。三人での会合は四度を数えた。純平は時にまじめに、時にユーモアを交えて、頑固な二人の仲を修復しようと試み続けてくれた。そしてついに律花の口から「今まで、ごめんね」という言葉を引き出したのだった。矢島も、謝った。

それ以来、仲が悪かったのが嘘のように矢島と律花は連絡を取り合うようになった。矢島が病に倒れてからも、美恵子より律花のほうが献身的に接してくれたほどだった。そして、今から十か月前の妊娠。一度目の手術が成功して小康状態にあった矢島に、律花は言ったのだった。

「生まれてくる子の名前は、お父さんにつけてほしい」

情けないことに、矢島は涙がこぼれた。正義のために生きてほしいという願いを込めて「正義」と提案した。いい名前だねと律花は嬉しそうに微笑んだ。

このままがんが再発しなければ――。その願いは、叶わなかった。せめて初孫が抱けるまでは生き永らえたいと思っていたが……。

（無理だろうな）

それでなくとも、今年中に死ぬことを、矢島は数年前から意識していた。胃がんだと判明する、ずっと前から。

ふーっと長い息を吐いた。

「あなた？」

「聞こえているんだよ、な、父さん」

二人の呼びかけに答えられないもどかしさが、無念さを増幅させた。生まれてくる子、正義は、律花に似ているだろうか。それとも、純平くんに……。

やりきれない気持ちとともに、もう一度長い息を吐き出す。

異常な静けさを感じた。ベッドの脇の医療機器の音が聞こえないのだ。

ついに、聴覚がダメになってしまったのか。あきらめを抱きつつ、目を開ける。

（えっ？）

美恵子と幸延が、止まっていた。

まるで石になってしまったかのように、目を見開いたまま、動かないのだ。

（これは……）

驚きはあるが、「ついにきたか」という気持ちもある。この現象は、初めてではない。

2

矢島がそれを初めて見たのは、一九九五年の春だった。律花はまだ五歳で、幸延は美恵子の腹の中にいた。

律花の通う〈なかみがわ幼稚園〉でバスの運転手が謎の感電死を遂げた。それは、得体のしれないものから【力】を授かった、園の女性教諭の一人による殺人だった。矢島は現象からその【力】を推理し、女性教諭を追い詰めた。女性教諭は罪を認めたものの、それでは逮捕できないだろうと矢島を嘲り――、矢島の前で死んだ。

すぐそばの路上でトラックがバイクを撥ね飛ばし、そのバイクの下敷きになったのである。

驚愕する矢島の視界の隅に、白いワンピースを着た、金髪の少女が現れた。まるで透明のエレベーターを外から見ているかのように、彼女はすーっと空に昇っていき、消えたのだった。

〝天使〟――？　時間にすればわずか一、二秒のことだっただろう。だが、その清らかながらどこか恐ろしい姿は、矢島の目に焼き付いて離れなかった。

次に彼女が矢島の人生に関わったのは、二〇〇一年の十月だった。

葛飾区柴又にヘリコプターが落ち、直撃した家屋から身元不明の若い男性の遺体が発見された。事件を担当したのはかつて矢島とともに捜査にあたったことのある、亀有署の井川だった。井川は、遺体の身元が専教大学の学生であり、事件当日、勤め先の学習塾の女子小学生と秘密裏に会う約束をしていたことまで突き止めていた。その小学生というのが、律花だった。

矢島は、なじみの居酒屋《青びょうたん》に呼び出され、その事実を知らされた。井川とともにやってきたのは、高森という、すれていない若手の刑事だった。

そのころすでに娘と会話がなくなっていた矢島は、娘が塾の講師と恋愛関係になっていることにひどくショックを覚えた。あの子は、もう、自分の手の届かないところへ行ってしまった――猪口を傾けながらそう考えると、自然と、律花がもっと幼かったころのことが思い出された。

そして矢島は、〝天使〟のことを、井川と高森に語って聞かせたのだ。

結果、その事件にも〝天使〟の【力】が関わっていた。被害者の同級生である犯人を追い詰める段になり、高森は犯人にガソリンを浴びせられ、引火し、燃え上がった。それを目の当たりにした井川は再び精神を病み、そのまま警察を去った。矢島に挨拶など一言もなかった。

二人の刑事を葬った〝天使〟のことを、矢島は憎んだ。その姿を追おうとし、律花を問い詰めた。知らないと言い張る律花にきつい言葉を浴びせかけ、もともとあまり会話がなかった律花との心の乖離は決定的になった。

〝天使〟について何の情報もないまま、時は流れた。日々の仕事の中でいつしか、井川のことも高森のことも矢島の中から薄れつつあった。

再び矢島と〝天使〟を結びつける電話が、船橋東署の刑事課にかかってきたのは、二〇〇八年の六月だ。

〈私、万世橋署刑事課の川辺と申します。矢島正成警部はいらっしゃいますか〉

自分だと告げると、その若い刑事はこう言葉を継いだ。

〈唐突なのですが、〝白いワンピースの女〟について、お話を伺えないかと思いまして〉

矢島の体に電撃が走った気がした。

川辺は、かつて亀有署の刑事課に所属していたと自己紹介した。ヘリコプター墜落事件のときには被害者の大学生の携帯電話の通話記録の調査を担当したという。高森が死んだあと、井川の口から「人間に不可解な【力】を与える〝天使〟」のことを聞いていたというのだ。

その不可解な存在が、今まさに、自分たちの抱えている案件にかかわっているのではないか――川辺はそう言った。

万世橋署管内のビジネスホテルで、議員の公設秘書が首を吊った状態で発見された。自殺だと見るには不審な点がある。動機のある人間も見つかったが、その人物にはとうてい秘書の体を持ち上げて自殺に見せかけるのは不可能だ。

そこへきて今日、新たな証言を得た。その秘書が死んだ当夜、フロントを担当していたアルバイトの青年が、カメラに映らない〝白いワンピースの女〟を目撃しているというのだ。

「田町久男？」

目撃者であるアルバイト青年の名を聞いて、矢島は驚いた。

「それは、私の娘の幼なじみだ」

電話の向こうの川辺は慌てた様子で誰かに報告し、やがて年配の相馬という刑事に代わった。

〈矢島さん、その〝天使〟とやらは、人間に不可解な【力】を与えると聞いています。た

とえば、【重いものを難なく動かせる力】なんていうのもありうるでしょうか〉

ありうる。矢島はそう答えた。

今から現場検証をしてみるという相馬から現場であるビジネスホテルの名を訊き出し、自分も行くと告げた。船橋東署の一刑事にすぎない自分が、千葉県内ですらない管外で起きた事件に首を突っ込むなど許されないことはじゅうぶん承知していた。だが、この機を逸すれば、次にいつ〝天使〟の情報が手に入るかわからない。矢島は同僚の誰にも告げず、署を飛び出した。

現場となったビジネスホテル《フィクシー岩本町》では、相馬と川辺が待ち構えていた。矢島の知っているビジネスホテルとは違う若者向けの内装で、寝室の天井には金属材が無秩序に張り巡らされている。そのうちの一本が、ひしゃげて床に転がっていた。

「【重いものを難なく動かせる力】をもってしても、柳ケ瀬を首つりに見せかけて吊るすのは不可能なようです」

スキンヘッドの、やくざのような強面の相馬は言った。

「だが、私たちは、茅原京子が別の【力】をもって柳ケ瀬を殺害したのだろうという結論に至りました」

ホンボシとして相馬たちが目をつけているのは、華奢な女性だということだった。彼女は【室内の重力を反転させる力】を授かり、トリックを弄して柳ケ瀬を殺害したのだろうと相馬は告げた。証拠として相馬が提示したのは、柳ケ瀬が部屋に置いた食べかけのおはぎだった。鑑識に調べさせたところ、無数の細かい繊維が不自然に付着していたのだという。

「おはぎが一度散乱した証拠です。さらに、ここにもあんこが」

ひしゃげた金属材の一部を、彼は指さした。おはぎが天井に向かって落ちたのは明らかだった。

「あとは、茅原にどうやってこの事実を認めさせるかなんですが」

何かいいアイディアはないかと相馬は言った。矢島は考えたうえで、四、五階分の高さの吹き抜けのある建造物はないかと相馬に訊ねた。そばで聞いていた川辺が、茅原の勤め先の資料館の近くに、建設中のショッピングモールがあると申し出た。

ショッピングモールに協力を要請し、相馬とともに服の下にパラシュート降下などの際に使用するベルトを装着し、鎖で床と体を結び付けて茅原を待ち受けた。

矢島の提案した計画は、半ばまで成功したといっていいだろう。

呼び出された茅原は相馬の推理を聞き、またこちらが〝天使〟の存在を認識していることを知って言い逃れをあきらめた。そして【力】を発揮し、矢島と相馬を天井へ落として殺害しようとした。

鎖につながれた二人が落下することはなかった。それで観念すると考えていたのが矢島の誤算だった。茅原は〝天使〟についての情報を矢島に与えることなく、ましてや投降することもなく、逃げるために四階へと下りて行ったのだ。そして彼女が最上階に達したとき、あいつは現れた。

――矢島正成さん。あなたは、十二年後に死にます。

〝天使〟はそう告げた。そして、戸惑う矢島の前で、茅原の【力】を取り上げると宣言した。直後、重力はもとに戻り、相馬とともに矢島は本来の床にたたきつけられた。四階の高さから落ちた茅原は、絶命した。

〝天使〟は、すぐに姿を消した。

その後も、矢島は〝天使〟についての情報を求めた。しかし、一つも得ることがなく、二〇一五年、六十歳を迎えた矢島は、警察を定年退職することになった。

警察手帳を返還するその日、矢島は部下に告げた。

「もし、〝白いワンピースの女〟の情報が入ったら、真っ先に連絡しろ」

きょとんとした部下の顔を見て、矢島は思った。次に彼女に会えるのは、彼女が予言した「十二年後」の、二〇二〇年なのだろうと。

ところが。

二〇一六年、七月二十九日。

矢島は自宅の近所に共同の畑を借り、仲間と野菜作りを楽しむ生活を送っていた。そのときは、菜園仲間の江田という老人が、共同作業場に出る鼠の駆除のために殺鼠剤を持ってきたという話をしていた。

「ずっとうちにあるもんだが、孫がいたずらしたら危ないから捨てろってうちのが言うんだよ。そんなに危ないもんかね」

「ヒ素が入っているんでしょう。そりゃ、飲んだら死にますよ」

「警察官だった矢島さんが言うと、怖いなあ」

江田は冗談めかして言うとわははと笑い、大口を開けたまま静止したのだった。

「江田さん？」

当惑しながらも矢島は、まさか、と思った。

「お久しぶりですね」

声がした。

振り返ると、三メートルほどの距離に、彼女はいた。金髪、碧眼。女というよりは少女といったほうがいいほどに若く見える。白い薄手のワンピースを着て、アクセサリーの類は一切装着せず、それどころか、裸足だった。だが、土の上を歩いているにもかかわらず、その足が一切汚れる様子はない。全身を包むように漂う金の粉――。

「何をしに来た？」

質したいことはたくさんあったのに、口をついて出たのはそんな言葉だった。

「矢島正成さん。仕事の時が来たのを伝えにきたのです」

矢島はショッピングモールでの光景を思い出した。十二年後に死ぬと告げた直後、彼女はこう付け足したのだった。

――しかしその前に、やってもらわなければならない仕事が残っています。人類の、未来のための仕事です。

その「仕事」とやらを、彼女は与えにきたというのだった。

「仕事」だと……？　こんな女に、したがってたまるか。井川や高森の身に起きたことに対する怒りが込み上げてきた。また、自分の人生、ひいては自分の娘の人生にまで混乱をきたす目の前の存在への憎しみが。

「いつも自分の言い分ばかりを押し付けるな。少しはこちらの質問に答えろ。お前はいったい……」

「矢島律花さんが、危険な目に遭っています」

矢島を遮るように、〝天使〟は言った。律花の名前に、心臓をつかまれたようになった。

〝天使〟は微笑んでいた。まるで、矢島の心を見透かすなど、簡単なことだというように。


矢島は、その日のうちに、〝天使〟に与えられた仕事をやり遂げることとなった。

3

そして、〝天使〟は今、死に臨む矢島のそばに現れた。

美恵子、幸延とは反対側のベッドサイドにたたずみ、じっと矢島を見下ろしている。あの日と同じく、白いワンピースを着た体の周りには、まばゆいばかりの金色の粉が漂っていて、どこか神々しさすら感じさせた。

（今日、なのか……）

矢島は問うた。

「そうです。矢島正成さん。あなたは記念すべきこの夜に、天に召されます」

まるで、矢島の声が聞こえているかのように彼女は答えた。

（待て。まだ連れていかないでくれ）

「勘違いなさらないでください。私は死神ではありません。あなたを連れていくのが仕事ではありません」

死神。矢島はこの女について、どこかその影を見ていた。だが今、彼女ははっきり、違うと言った。

（じゃあ、なぜ来たんだ）

「時が来たら、ほかならぬ矢島さんにはお教えすると申し上げたはずです」

〝天使〟は右の手のひらを、矢島の額に当てた。

矢島の視界が、ぐにゃりと歪んだ。

※

そこは、屋外だった。

夜ではない。日は傾いており、春の夕方といった感じだった。

矢島は病院着のまま、空に浮いていた。すぐ隣には、〝天使〟もいる。

「どういうことだ」

驚いたことに、声を発することもできた。体のどこも痛くない。もう二度と自由に動かすことができないだろうと思っていた手足も、思い通りだ。

「下をご覧ください」

屋根の赤い建物があった。一瞬、どこだかわからなかった。だが、付随する広い運動場を見ているうちにわかった。古びた平均台、黄色いジャングルジム、土に半分埋められたタイヤがいくつか並んでいる。園庭。その言葉とともに、懐かしさが広がっていく。律花が通っていた、〈なかみがわ幼稚園〉だ。

「ついてきてください」

〝天使〟が園庭へと下りていく。意識で彼女を追うと、矢島の体も下降していった。〝天使〟と並び、地面から一メートルほどの位置にとどまり、昇降口を眺める。

「あの事件が起こったのは、四月十九日のことでしたね。今見ているのは、その六日後、四月二十五日の光景です」

〝天使〟が告げたそのとき、

「せんせい、さようなら」

「みなさん、さようなら」

建物の中から、園児たちの元気な声が聞こえた。

ほどなくして、昇降口が騒がしくなった。通園着の園児たちが元気よく駆け出してくる。

「こらこらー、走らないの！」

注意したのは、あの事件のときに聴取をした教諭だ。たしか柴田という名前だった。その後ろには、西口早苗もいる。

「みんな、バスのほうに行きましょーう」

柴田に引き連れられ、園児たちは園庭をぞろぞろと門のところまで歩いていく。路上に、幼稚園バスが停（と）まっていた。

「さあ、私たちも乗りますよ」

〝天使〟に促（うなが）され、幼稚園バスへと近づいていく。乗り込む園児たちの頭上を抜けてバスへ入る。そこで矢島は当惑した。運転席に、石田が座っているのだ。挨拶をする園児たちに向かい、「元気がいいね」などとにこやかに受け答えをしている。

「どういうことだ？　石田が生きている」

「ええ」天井付近に浮いた状態で、〝天使〟は答えた。「これは、事件が起きていなかったらという前提での光景なのです」

あの事件が起きてなかったら――西口早苗が、石田を殺害していなかったらということか。

園児たちはどんどん乗り込んでくる。誰にも、矢島たちの姿は見えていないようだった。園児たちの中には、幼いころの律花もいた。矢島は戸惑いの中にやすらぎを覚えた気がして、律花の座る、最後部から三つ目の窓際席の上へ移動した。

最後に柴田が乗り込む。ドアが閉まり、バスはゆっくりと動き出した。

「さあみんな、危ないから立たないでね。今から、おうちへ向かいまーす」

「はーい」

バスの天井に浮きながら、帰宅する幼稚園児たちを眺めるというのは、なんとも奇妙な体験だった。これも死の直前に見る幻覚なのだろうかとふと思ったが、それにしては鮮明なのだった。すぐそこに、五歳の律花がいる。おさげにした髪の毛。ほつれる毛の一本一本まで懐かしく、愛しかった。

「律花……」

思わず話しかけたそのとき、ぐらり、とバスが揺れた。

「きゃあ！」

女児の声が上がり、対向車線からけたたましいクラクションが鳴らされた。

「石田さん！」

柴田の叫び声が響いた。矢島はとっさに、運転席へと移動する。

石田はハンドルから手を離し、胸を押さえている。頰は紅潮し、目はむき出され、大きく開かれた口からは「は、は、は」と、意味をなさない声が漏れていた。

「石田さんは、心臓に疾患を抱えていたのです」

矢島のすぐそばに移動してきた〝天使〟が、極めて冷静に言った。

「運転中に発作が起きては、ハンドルの操作はできません」

矢島はフロントガラスの向こうを見た。バスは完全に、対向車線に入ってしまっている。向こうから、黒い運送トラックがやってきていた。

矢島はとっさに、ハンドルを取ろうとした。だが、まるでホログラムのように、手はハンドルをつかみ損ねた。

「できませんよ」

沈着な〝天使〟。泣き叫ぶ園児。迫るトラック。

「いやああ！」

柴田が手を伸ばし、ハンドルを握る。後先も考えず、思い切り左に切った。

「何をしているんだ！」

矢島の声は届かなかった。バスは急ハンドルを切った状態で前方が左車線に戻り、車体の右側がトラックの正面に面した。

瞬間、ものすごい衝撃が襲った。バスはぐらりと傾き、右側に座っていた園児たちが何人か、通路に投げ出された。その中には……、

「律花！」

爆発音とともに、視界全体が赤くなった。

4

幼少の時分、矢島は夜の海に出たことがある。

いったい何の用事で出たのか、どんな船に乗って出たのかはまったく覚えていない。ただ、母親の手を握りながら、暗い海をじっと眺めていたことだけが鮮明に思い出されるのだ。

この海には底がある。だが、底に達するまでには深く潜らねばならない。水面と底の間には、暗い水があるばかり。周りには何も見えないだろう。何もない、暗い水だけの空間——以来、眠れぬ夜などにその想像が蘇り、少年時代の矢島は空虚と不安に押しつぶされそうになったものだった。

今、矢島がいるのはまさにそんな、何もない黒い空間だった。自分が浮いているのか、水に漂っているのかすらわからない。暑さも寒さもない、ただの無の中だった。

目の前には〝天使〟がいる。その体を包む金色の光だけが、すがれる対象のような気さえした。

はっとして、先ほどの光景を思い出す。

「あのバスは、事故に遭ったのか」

「そうです」

かみしめるようにゆっくりと、〝天使〟は答えた。

「横転したバスは、爆発炎上。二十三人の園児のうち、十四人が死亡。その中には、矢島律花さんもいました」

律花が、死んだ……？

「しかし、実際にはそんな事故は起きなかった」

「はい。十九日に、石田さんが死んだからです」

そうだった。〝天使〟は先ほど、「事件が起きていなかったらという前提での光景」と言った。裏を返せば、心臓疾患のあった石田を西口早苗が殺害したから、律花は死なずにすんだ、とも考えられるのだ。

「君は、事故を防ぐために西口に石田を殺させたとでもいうのか」

〝天使〟は答えず、肩をすくめただけだった。

「次に、行きましょう」

※

矢島は、窓際に立っていた。一人暮らしの男性の部屋というのがすぐにわかった。ベッドの他には、スチールの棚とチェストだけが置かれ、広々とした印象だった。

間取りは2Kだろうか。開かれた引き戸の向こうにもう一部屋あり、ノートパソコンの載った机、テレビ、ステレオなどがある。〝天使〟はその部屋、机の前の椅子(いす)に腰かけ、矢島のほうを見ていた。

「ここは？」

「二〇〇四年、十月十三日。本八幡の、広津清吾の借りている部屋です」

「広津清吾……」

憤(いきどお)ろしい感情とともに、その名は矢島の脳に刻み込まれていた。

律花が通っていた学習塾で講師をしていた、当時大学生の男だ。小学生時分の律花をたぶらかし、秘密裏に逢瀬を重ねていた。さすがに一線を越えることはなかったが、聞いた時には穴があったら入りたい気持ちだった。まさか、警察官たる自分の娘が、塾の講師と交際を……。

「いや、待て」

矢島は〝天使〟の顔を見つめた。

「あの男は、死んだはずだ」

葛飾区柴又に、ヘリコプターが落ちたあの事故。広津は律花を装った犯人からのメールでその空き家に呼び出され、待っている間に事故に巻き込まれて死んだのだった。そもそも、その事件を調べていたかつての同僚、井川の口から、矢島は広津の名を初めて聞いた。

同時に、長い警察官人生の中でも最も苦い思い出の一つが、蘇った。

高森春也。井川の部下だった刑事だ。受け答えは頼りなかったが、事件に対する実直な姿勢はうかがえた。前途有望な若者だった。その高森は、この事件で命を落としたのだ。逆上した犯人の学生にガソリンをかけられ、炎上した。

そのショックで、井川は入院してしまった。もともと、中学生の自殺事件で疲弊していた精神はさらにすり減らされ、そのまま警察官を辞めた。その後の消息を矢島は知らない。今、生きているのかどうかすら、知らなかった。

「あれは、世界同時多発テロが起きた年だから、二〇〇一年じゃなかったか」

暗い思い出を押し込めながら、矢島は訊ねた。ヘリコプター事故がテロ組織のしわざではないのかと噂（うわさ）になったことを思い出したのだった。

「よく覚えていらっしゃいますね」

先ほど〝天使〟は、「二〇〇四年の広津清吾の部屋」と言った。

「広津が死んでいない世界ということか」

「その通りです。事件があったときには広津は大学の三年生でした。それから三年たった今も、留年を重ねて大学生をしています。この夏にようやく卒業見込みが出て、ＩＴ系のベンチャー企業に就職が決まっています。そろそろ、帰ってきますよ」

まるで〝天使〟のその言葉が合図だったかのように、ドアのカギを開ける音がした。

〝天使〟について、ドアの前で待っていると、広津が入ってきた。

そして、その背後にもう一人。

「律花！」

長い黒髪の、わが娘だった。二〇〇四年といえば、中学三年生になっているはずだった。

「律花さんは無事に第一志望の私立中学校に合格しました。その後、東京の塾に通いながら、高校受験を目指しているところです」

〝天使〟が説明している前で、広津は玄関わきにある流し台で手を洗う。律花もバッグを置き、それに倣った。

「何か、飲む？」

冷蔵庫に手をかけながら、広津が訊ねる。

「大丈夫です。私、持ってきましたから」

律花は慣れた様子でそういうと、さっきまで〝天使〟がいた部屋に入っていった。広津が部屋の隅に立てかけてあった折り畳み式のローテーブルを出した。律花はバッグから参考書を取り出し、テーブルの上に広げる。

「私、全然わからないんですよ、ここの単元」

「二次方程式か……」

広津は参考書をちらりと見ると、机の上のペン立てからシャープペンシルを一本、取った。

「広津とは連絡を取り合い、たまにこうして勉強を教えてもらっています」

「それだけの関係か？」

〝天使〟は肩をすくめた。広津の動きから、そうではないことがすぐにうかがい知れた。彼は律花の後ろに回り込み、数学の手引きをしながらその背中や肩、太ももなどをいやらしい手つきで触り始めたのだった。

目も当てられない状況だった。だが、矢島の声は二人には聞こえない。律花も初めは説明を聞きながら応じる姿勢だったが、やがてその手を振りほどくように、広津に向き直った。

「私、最近、集中できないんですよ、勉強に」

広津は一瞬白けたような目をしたが、その言葉を受けて、にやりと微笑んだ。

「だったら、いいもの、やろうか」

立ち上がって寝室へ行くと、ベッドの下から紙袋を引き出してきた。中から現れたのは小さなビニールパックに入った白い結晶だった。警察官である矢島には、それが何か、すぐにわかった。

「何ですか、それ」

「覚せい剤」

「えっ？」

律花の顔に不審が浮かぶ。

「このあいだ、内定先の会社の飲み会で、先輩にもらったんだ」

「やめろ、この野郎」

矢島は広津にとびかかるが、すり抜けてしまう。

「覚せい剤って、ヤバいんじゃないですか？」

律花は身構えた。

「俺も初めはそう思った。だけどこれをやると、眠くならないんだよ。むしろ集中力は上がる一方」

「でも、後を引くっていうし、副作用とか」

「全然ない。俺に、副作用があるように見える？」

「……見えません」

「だろ。ほんと、俺も受験のときに欲しかったくらいだよ。これを使って勉強してりゃ、もっといい大学にだって入れただろうよ」

「そんなに？」

「そう。俺も律花には受験で成功してほしいしさ。やるのは、すっごく簡単なんだ。待ってな」

広津は立ち上がり、キッチンからアルミホイルとライターを持ってきた。引き出したアルミホイルの形を整えるその目は、獣(けもの)のようになっていた。

「やめろ。うちの娘に。やめてくれ」

矢島の声が二人に届く様子はない。広津はアルミホイルの容器の上に結晶を載せ、ライターであぶりはじめる。

「煙が出てくるから。吸ってみな」

「吸うんじゃない、律花！」

矢島が叫んだとたん、二人は静止した。

「――少し、時間を早めます」

〝天使〟が言うと、矢島は一瞬にして、別の場所に移動していた。

目の前を、コーヒーカップが通過していく。壁に当たって割れる音がした。

「やめろよ、姉ちゃん！」

幸延が怒鳴っている。部屋の隅に頭を抱えて座り込んでいるのは、美恵子だ。自宅のダイニングだった。

食器棚の前に、律花が立っている。髪は短くなり、色が明るくなっている。顔は紅潮し、目は見開かれ、まるで鬼のようだった。

律花は食器棚から皿を取り出し、身構えている幸延に向かって投げつけた。

「もう、やめて……。律花ちゃん、もう……」

「うるせえ、どこに隠したんだ⁉」

涙声の美恵子に向かい、聞いたことのないしわがれた声で律花はすごんだ。

「出せよ」

「ないわ……」

「出せって言ってんだよ。出せよ。出せ、出せ、出せ、出せええ！」

「先ほどの広津の部屋から、四か月後、二〇〇五年二月七日の光景です」

飛んでいく皿の真下、〝天使〟はテーブルに頬杖をついている。

「ご覧の通り、律花さんは依存症です。広津から覚せい剤を買うため、不良グループに入って金品を巻き上げる行為に手を染めました。それで手に入れ、部屋に隠し持っていた覚せい剤を幸延さんが見つけ、取り上げたのです」

「あっ！」

律花の投げつけた皿が、幸延の額を直撃した。うずくまって額を押さえる幸延の指の間から、血が垂れた。恨めしげに、律花を睨みつける。

「なんだよ、姉に向かってその目は。てめえ、幸延、殺してやるよ！」

律花は台所に飛んでいくと、食器かごの中にあった包丁を取り上げた。幸延に襲い掛かる。幸延はその手を取り、抵抗する。額から垂れた血が、床を汚していく。

「やめてえ！」

美恵子が立ち上がり、幸延に加勢した。

「俺は？　俺は何をしているんだ？」

「仕事です」

矢島の問いに、〝天使〟はつまらなそうに答えた。

「重大なお仕事のとき、何日も家に帰れなくなるのは、昔からのことじゃないですか」

そうだった。それで、子どもたちとの時間が取れなかったのは、元の世界でも一緒だった。……だから律花は矢島と話をしなくなったのだ。だが、少なくともあの世界では、家庭でこんな地獄は繰り広げられていなかったはずだ。

「ああぁっ……！」

美恵子の頰に、十センチほどの傷がついていた。包丁が、かすめたのだろう。

「これ以上、見ていてもしょうがありません。行きましょう」

〝天使〟は頰杖をついていた手を一度高く上げ、テーブルに叩きつけた。

5

暗い空間に戻っていた。

「律花さんはあのあと、施設に入れられ、長いリハビリ生活を余儀なくされました。当然、高校になど進学できず、その後の人生の多くを、社会復帰のために割くことになりました」

〝天使〟は、本を読むような口調で告げた。

「わかりましたか。広津清吾が早瀬恒明に殺害されていなかったら、律花さんが、どんな事態に陥っていたのか」

たしかに広津が生きていたら、律花の人生は壊されていたのだろう。やはりこの女は、律花を守ろうとしてきたようだ。

だが、と矢島は思い直した。心の中に残っていた警察官としての正義がうずいたと言ってもよかった。

「しかし……、殺す必要はなかったんじゃないのか。何か、別の方法で」

〝天使〟は首を横に振る。

「広津は律花さんの他にも大勢の人間に覚せい剤を勧め、ダメにします。人間の作った悪や正義といった規範に興味はありませんが、広津はやはり、いないほうがいい人間だったとは思えませんか」

「高森はどうなる？」

これもまた、正義などではなく、私情なのかもしれない。だが矢島は言わずにはいられなかった。

「広津を殺害した早瀬を捕えようとしたとき、彼は巻き込まれて死んだ。広津の事件がなければ、あの若者は、死ななくて済んだんだ」

「ああ……」

思いがけず、〝天使〟は顔を曇らせた。

「もちろん、あのとき高森さんを死なせずにおくこともできました。しかし、ああ、あれは本当に『予定されない業火』だったのです。新しく生成する未来のもたらす細かな人間の心情の変化まで、私は見通すことができませんでした。気づいたのは、広津が死んでしまってからでした。時をさかのぼることはできないのです」

「どういう意味だ？」

「そちらも、見ておきますか」

視界がぐにゃりと歪んだ。

次の瞬間、矢島の目の前には青空が広がっていた。

眼下には、大勢の人間。男性はスーツかモーニングに、女性はドレスか和服を着ている。彼らは、チャペルの前にいた。

「結婚式……」

「そうです」

隣に浮いている〝天使〟が答えると同時に、彼らの間から歓声が沸いた。

ドアが開き、新郎新婦が出てきた。ウェディングドレスを着ているのは、律花だった。

その隣で、タキシード姿で笑っているのは……。

「高森？」

《青びょうたん》で一度会っただけだが、すぐにわかった。

「あの事件で、高森さんは一度、律花さんに事情を聞いていますね。生きていた場合、事後に事件の説明をするために、高森さんはもう一度律花さんに会うのです。そこで、二人は強く惹かれあいます」

「律花と、高森が？」

「はい。しかし律花さんは未成年、しかも小学生です。高森さんは気持ちを抑え、別れました。それから八年後、高森さんはある事件で矢島さんと合同捜査をすることになります。そこで、律花さんと再会するのです。律花さんはすでに成人済み。交際が始まり、矢島さんもそれを認めます。変な男に引っかかるより、警察官のほうが安心できる、と」

たしかに自分の言いそうなことだと矢島は感じた。

「別にいいじゃないか、高森でも」

矢島は、祝福されている二人を見ながら言った。幸せそうな笑顔だった。

「有安純平さんと、結ばれないことになってしまいますよ」

「たしかに純平くんは、律花の相手としては申し分ない。だが、高森でも」

「いけません」

冷たく、〝天使〟は言った。

「断じて、そんなことがあっては」

「なぜだ」

「もう、この光景はこれくらいでいいでしょう。行きましょう」

〝天使〟は答えず、目をつぶる。

※

黒と白の縞模様。見覚えのある壁紙だった。

矢島は〝天使〟と並び、ベッドに腰掛けていた。窓の外は暗い。見上げると、天井付近には、鉄骨のようなものが張り巡らされ、落ち着かない雰囲気だ。

ホテルの部屋だ。ベッドは二つある。もう一方のベッドにガウン姿の男が座り、折り畳み式の携帯電話をいじっていた。年は四十代だろう。長身で、彫りの深い顔立ち。自信に満ち溢れている。出世街道を上ってきた人間だ。それも、一般の企業などではない。おそらくは、政治の世界。

「思い出した。《フィクシー岩本町》だ。この男は、議員秘書だな」

「はい。柳ケ瀬修です。ただし、この光景は二〇〇八年、六月五日。今までと違い、事件より少し前の日付です」

サイドテーブルの上には、おはぎの入った箱があった。それを見ながら、思い返す。たしか柳ケ瀬が死んだのは、秋葉原無差別殺人事件があった直後のことだ。あれは二〇〇八年の六月だから、日付は合う。

インターホンが鳴った。柳ケ瀬はおはぎの箱の隣に携帯電話を置き、ドアのほうへと向かう。

「待っていたぞ。入ってくれ」

「失礼します」

柳ケ瀬に招かれて入室してきたのは、純平だった。矢島の知っている純平よりやせていて、若々しい。スーツ姿が似合っていた。

「これ、食べるか?」

「なんですか、おはぎですか?」

「後援会に、和菓子屋のおやじがいてね。気を遣って いつも買うんだが、先生、甘いものが苦手だから私がいつももらうんだ」

「せっかくですが、仕事中ですので」

「そうか。じゃあ、アルコールなんてもってのほかだな」

柳ケ瀬はテレビ棚の下の冷蔵庫から、自分の分のビールだけを出し、プルタブを起こした。

「ビールにおはぎなんて、合いますか?」

美味そうにのどを鳴らす柳ケ瀬に、冗談めかして純平は訊いた。

「『柳ケ瀬は舌だけは馬鹿だ』と、先生にもよく言われるよ」

はっははと笑いながら柳ケ瀬はビールを置き、椅子の上に置いてあったビジネスバッグをつかんだ。中から、一台のデジタルカメラが取り出された。柳ケ瀬は操作し、「画面が小さくて悪いんだが」と、純平に差し出した。純平は受け取り、画面を見る。

「へぇー、きれいな人ですね」

「だろ。俺ももう少し若かったらと、悔やまれるよ」

「またそんなこと、言って」

純平は、デジカメから目を離さずに答える。

「気に入ったかね？　会ってみたいだろう？」

「ええ……まあ。でも、家柄のいいお嬢様なんですよね」

「なあに。小さなリフォームの会社だよ。そっちは長男が継ぐことになっているから、君はなんでも好きなことをやっていいんだ。妻の財力だけが手に入る。悪くないだろう」

「リフォームの会社……」

純平は少し考えこんだ。

「どうかしたのか」

「いや、お金は、そんなに欲しいわけじゃないんですけど……リフォームというと、バリアフリー設備の分野も手掛けているんでしょうか」

「バリアフリー？　障碍者に優しいという、あれか」

「ええ。実は私、うちのグループのホテルにももっとバリアフリーの概念を導入できないかと考えていまして。ビジネスホテルというのはどうも、そういった部分は遅れているんです」

「若いのに感心なことじゃないか。うんまあ……、私はそういうのには明るくないが、階段の手すりがどうとか、そういう話は聞いたことがある。とにかく一度、娘さんに会ってみなさい」

「わかりました」

「そうだな。じゃあ来月、早いうちにセッティングしよう。何日が都合がいい？」

「ええと……じゃあ今、来月の勤務表を持ってきます」

「うん」

「失礼します」

純平は部屋を出る。

「純平さんは、バリアフリーに興味があるようですね」

〝天使〟が言った。

「お兄さんに障碍があるんだ。ホテルで働きはじめたのも、ビジネスホテルにそういう設備を充実させたいという願いからなんだ」

「ええ。そうでしたね」

矢島の知っていることは何でも知っているようだった。そして、自分の考えがなんとなく当たっているのを、矢島は感じていた。

「事件が起きなかったら、純平はそのリフォーム会社の社長の娘と会っていたんだな」

「はい」

「そして、結ばれた」

「そうです。結婚相手の父親は純平さんの考えに共鳴し、全面協力を申し出ます。《フィクシー・グループ》はバリアフリー完備を基本としたビジネスホテルを展開する企業として、世界のホテル業界に名を知られるようになります。純平さんは、業界の賞を授与されることになります」

矢島の知っている現実は違う。純平は、バリアフリー担当という形で出世はしているが、ホテルはそこまで成長していない。むしろ、予算内で協力してくれる建設会社がないと嘆いているくらいだった。

「……純平君にとっては、こっちのほうがよかったんじゃないのか」

「いいえ」

〝天使〟は言った。

「理由は二つ。一つ目は、この男に関することです」

その視線の先には、携帯電話をいじる柳ケ瀬修の姿がある。

「汚職の全責任を負わされて竹内一朗太のもとを去ることになった彼は、二年後、別の党から立候補して国会議員に当選します。竹内の黒い疑惑を表沙汰にし、竹内を追い落とし、そのまま勢力を強め、権力を握るのです」

「もともと政治家志向なんだ。いいだろう」

「海底に眠る資源をめぐって、この国は別の国と対立を深めます。柳ケ瀬はこの国の代表として相手の国へ赴き、相手の代表に恐ろしい言葉をかけます。それは各方面に飛び火し、事態は取り返しのつかないことになります」

「取り返しのつかないこと、とは？」

「多くの死者が出ます。そちらの世界もご覧になりますか」

背中にぞっとしたものを覚えながら、矢島は首を横に振った。

「そうですね。見ても仕方がありません。それに、もう一つの理由のほうが、ずっと大事です」

「もう一つの理由？」

「この男が生きていたら、律花さんと純平さんは、結ばれません」

やはり。この女は何とかして律花と純平を結び付けようとしているのだ。二人の幸せが、多くの殺人行為の上に成り立っていた。その事実の前に、矢島はどうしようもないやるせなさと怒りを覚えた。

「何がしたいんだ。二人の結婚が、多くの罪の上に成り立っていたと、そういうことか」

「罪？」

〝天使〟は不思議そうな顔をした。

「私利私欲、あるいは妄信(もうしん)的主張、あるいは無意味のために他の者を排除する行為はたしかに罪でしょう。そういった罪を犯す人類は後を絶たない。嘆かわしいことです」

「ごまかすんじゃない」

「ごまかしてはいません。人類を救うための行為が罪だというのは心外です」

「人を操り、人を殺させた。どう理屈を並べても、それは変わらない。君の行為は罪以外の何物でもない」

「それならば」

二つの碧眼が、矢島を捉(とら)える。

「あなたも罪を犯したことになりますね」

矢島はぐっと言葉を飲み込んだ。

……そうだ。人のことばかりを責められない。

四年前、自分もこの女の言いなりになり、他人を殺めたのだから。

〝天使〟のほうは怒りなど欠片も見せる様子はない。それどころか、「もうやめましょう」と、絹のような優しい微笑みを浮かべた。

「私はあなたを称えこそすれ、責めるつもりはないのです」

「称えるだと？　人を殺したこの俺を」

――矢島律花さんが、危険な目に遭っています。

すべてはあの一言が始まりだった。あの一言が、矢島を殺人へと駆り立てた。

「必要なことだったのです」

〝天使〟は相変わらず、そう言い張った。

「矢島さんを傷つけるのは本意ではありませんので、矢島さん自身のしたことを振り返るのはやめましょう。その代わり、最後に、矢島さんがご自分の仕事を遂行されているあいだ、私が何をしたかをお見せします」

〝天使〟は再び、目をつむる。矢島の視界も揺らぐ。

6

「矢島律花さんが、危険な目に遭っています」

二〇一六年、七月二十九日。矢島が畑で談笑中、不意に時間を止めて現れた彼女はそう告げた。

「なんだと？」

矢島は訊き返した。

「現在、彼女は洋食店でアルバイトをしていますね」

早瀬と高森の死をきっかけに〝天使〟のことを詰問して以来、律花との仲は修復されていなかった。高校、大学と進学していく律花は、母親とは会話を交わすが、矢島のことは家庭内でも無視していた。矢島は昇進し、ますます仕事に没頭して家に帰らなくなった。

大学を卒業し、就職したのをきっかけに、律花は家を出ていった。勤め先は都内にあるガラスの加工会社で、船橋からも通えるが、これ以上実家暮らしをしていても息づまるだけだと律花が判断したのだろう。矢島は何も言わなかった。正社員としてまじめに働いていてくれさえすればいい。そう思っていた。

だが数年後、律花はリストラをされた。再就職先を探すも結果は思わしくなく、結局、新高円寺という名も聞いたことのない駅の近くの洋食屋でアルバイトをはじめた。時間ができたのか、それからはちょくちょく実家に帰ってくるようになったらしい。矢島は知らなかった。事前に、美恵子に矢島の仕事の状況を聞き、矢島が帰宅しない日を狙って帰ってきているのだった。

ところがある日、矢島は律花と鉢合わせた。うるさく言うまいと思っていたものの、ついアルバイトのことを訊ね、いつまでもそんなことでいいのかと言ってしまった。律花の返事がおざなりだったのが矢島を怒らせた。怒鳴りつけ、説教をした。後になって振り返れば、刑事一本でやってきて、世間のことなど知らないうえに、時代錯誤な内容の説教だった。泊まる予定だった律花は何も言わずに出ていき――、それ以来三年間、会っていなかった。

「そのお店に、毎日決まった時間にくる男性がいるのです。鹿沼健守といいます」

〝天使〟は告げた。律花のアルバイト先の洋食店になど興味を持ったことはないので、どんな客が来るのかなど、もちろん想像がつかない。

「鹿沼は、一見おとなしいのですが、とても思い込みの激しい性格です。胸の中にため込んだ妄想を、あるとき一気に爆発させてしまうのです」

「何を言っている？」

「彼は、律花さんを恋人だと思い込んでいます。もちろん、律花さんのほうにその認識はありません」

矢島にもようやくわかった。その男は、律花のストーカーなのだ。

「鹿沼はすでに、律花さんの住んでいる場所も特定しています。出勤、退勤のときには、物陰に隠れて写真を撮り、それを部屋中に貼っています」

気持ちの悪い話ではある。

「しかし、直接の被害がないのでは……」

警察官としての発想だったと言っていいだろう。自分の娘のことになってもなお、矢島はそういうふうにしか考えられなかった。だが、〝天使〟の次の言葉で考えはがらりと変わる。

「被害があってからでは遅いのです。鹿沼は、律花さんと一緒に死ぬつもりなのですから」

矢島は絶句した。この少女が冗談などを口にするわけはない。人知を超越した力を持っていることも、わかっている。

「いつ、決行するつもりなんだ」

「今日です」

「今日、だと？」

「これまでは、アルバイト店員としての決まり文句しか鹿沼に対してかけなかった律花さんですが、今日、初めて私的な言葉をかけたのです。鹿沼は舞い上がってしまった。そしてそれが契機となり、鹿沼は事を起こすことにしたようです。今夜、律花さんがある会合から帰宅するところを追跡し、部屋に押し入り、殺害して自分も死ぬつもりです」

狂っている。だが、常識とはかけ離れた危険な思考回路を持つ人間がこの世におり、しばしば悲劇を巻き起こすことを、矢島は長い警察人生の中で嫌というほど見てきた。指先が、震えていた。

「どうすればいい……？」

「殺してしまいなさい」

〝天使〟は真顔で言った。

「私は警察に勤めていた人間だ。そんなこと、できるわけない。そうだ、当該(とうがい)の所轄署に警護を要請しよう」

「鹿沼はとても臆病(おくびょう)で用心深い。すぐに気づきます。そして、再度、実行のチャンスをうかがうでしょう。なにせ、今日、律花さんに声をかけられたのですから」

そういった者たちの偏執(へんしゅう)的な性格については矢島も了解していた。目をつけられたら最後なのだ。

「殺すしかないではないですか」

「しかし……」

「ご心配なさらず。私があなたに【力】と【アイディア】を授けます」

矢島の耳に口を近づける。

「【手元の品と、他人の持つ品を入れ替える力】です」

「何？」

「事前に対象とする相手の手を握っておく必要があります。そのときのイメージを心に刻み込むのです。相手がその手で何かを持っているとき、矢島さんも何かを持ち、強く念じるのです。一瞬の後、相手の手の中にあった品物が自分の手の中に、自分の手の中にあったものが相手の手の中に移動するのです」

矢島は思わず自分の手を眺めた。この手に持っている品を、誰かの手の中の品と入れ替える……その【力】が与えられたとして、どうやってその鹿沼という男を殺害するのか。

瞬間、矢島の頭の中に計画が組みあがった。

どうして自分でそんなことを思いついたのか、わからない。神から与えられたとしか考えられなかった。

いや、と、矢島は目の前の〝天使〟を見た。

清らかに、だが、どこか冷酷さを持って、彼女は微笑んでいた。

「やはり、そんなことはできない」

「あなたは、やるのです」

〝天使〟はすばやく、矢島の右手を握った。

「待て」

振りほどこうとするが、信じられないほどの力に押さえつけられた。体内に、感じたことのない熱が広がっていく。

「鹿沼は右の頰に大きなほくろが二つあります。顔を見ればすぐにわかります」

〝天使〟は、強制力のある声で、そう告げた。

時が動き出すや否や、〝天使〟の姿は消えていた。

「どうしたんだ、矢島さん。ぼんやりして」

江田が訊ねた。

「あ、ああ、すみません江田さん。実は用事を思い出しまして。今日はこれで失礼します」

共同作業場へ荷物を取りに行った。江田の持ってきた殺鼠剤はすぐに見つかった。数粒くすねると、一度帰宅し、刑事時代に使っていた変装用の眼鏡(めがね)とかつらをカバンに詰め込み、家を出た。

新高円寺に着いたのは、午後三時をすぎたころだった。律花のアルバイト先の洋食店の名は、美恵子から聞いていたので、通行人に訊ねるとすぐにわかった。

喫茶店に毛が生えた程度の小さな店だった。矢島は、道を隔(へだ)てた位置にある電柱の陰(かげ)から目を凝(こ)らし、窓越しに店内の様子をうかがおうとした。照明はついているようだが、律花の姿は確認できなかった。

五分ほどそうしていると、ドアが開き、野球帽をかぶった男が出てきた。右頬に、大きなほくろが二つ、並んでいた。鹿沼だ。矢島は確信した。

矢島は彼を尾行した。彼は公園に入り、ベンチに腰かけた。何をするでもなく時間が過ぎる。律花のアルバイトが終わるまで待っているのだろうと矢島は悟(さと)り、行動を起こすことにした。

鹿沼の前まで歩くと、足を捻(ひね)ったようにして転んだ。痛がりながら彼に助けを求めた。初めは無視を決め込む態度だった鹿沼も、「助けてくれ」と目を合わせて手を差し出されると無視できなかったと見え、ベンチから立ち上がってきて、矢島の手を握った。

矢島の体内に閃光のようなものが走った。

右手が、その男の手のイメージを覚えた。

立ち上がって礼を言うと、足を引きずるふりをして立ち去った。再び公園に近づき、建物の陰から彼を見張っていた。

五時が近づいたとき、鹿沼は不意に立ち上がり、トイレへと向かった。三分ほどして出てきたときにはその服装はすっかり変わっていた。野球帽を取り、印象ががらりと変わっていた。矢島もかつらをかぶり、シャツを替え、彼を追った。

彼は、洋食店の近くへ戻った。五時五分になって律花が出てきた。今、叫んで、注意を促したら……よっぽどそう思ったが、そうすれば彼は逃げ、また別の日に事を起こすだろう。そう言い聞かせて我慢した。

律花は鹿沼にも矢島にも気づかず、地下鉄に乗り、新宿で下車した。JRの東南口で、同年代の女性三人と落ち合い、街へと向かい、雑居ビルの地下にある居酒屋へと消えた。

彼は二十分ほど待って、その店に入った。さらに十分待ち、矢島も追った。

律花は、店の中央の十人掛けの席にいた。女性と男性が四人ずつ、向かい合うように座っている。鹿沼は、律花のすぐ背後にあたる二人掛け席に一人で座っていた。無関係を装っているが、その目は律花を捉えている。律花が気づいている様子はなかった。

矢島が通された席は、十人掛け席を鹿沼と挟む位置だった。律花の座っている位置からは正面になるが、目の前の男性が死角を作ってくれているし、念入りに変装をしているので律花が気づく様子はなかった。

十人掛けの席の会話はどこかぎこちない。好きな映画を訊ね合ったり、服の趣味を披露(ひろう)しあったり、若者のよくやる合コンというやつだろうと矢島は考えた。いい年をしてアルバイト生活をしているくせにとわが娘に小言のひとつも言いたくなったが、それどころではなかった。

それとなく鹿沼の様子をうかがうと、ビールの中ジョッキに口をつけている。矢島は同じものを注文した。

鹿沼のジョッキの中身と量を合わせるのは難しかった。しかし、ようやくいい具合に量を合わせることができ、すばやく殺鼠剤をビールの中に溶かした。思っていた以上に泡が立ったが後戻りはできなかった。鹿沼が再びビールを口に運ぼうとしたとき、ジョッキを持ち上げ、右手に力をこめた。

ふと見ると、手の中のジョッキに、泡は立っていなかった。入れ替わったと直感的にわかった。鹿沼が倒れるときに、店内にいては危険だ。素性(すじょう)が露見(ろけん)し、律花に気づかれることだけは避けなければならない。

矢島はすぐに立ち上がり、レジへ向かった。機械の操作に慣れない店員がもたついていた。そのあいだ、何度、鹿沼のほうを確認したかったかしれない。ようやく会計を終え、レシートを断って出入り口の扉を開け、外へ出た。

背後でグラスの割れる音がした。

椅子ごと誰かが倒れる気配。女性店員の悲鳴。閉まる扉。

一切振り返ることなく、矢島は階段を上り、表へ出た。

新宿の街は、華やかに光り輝いていた。何も知らずに行き交う人々。生ぬるい風。

じっとりと、首筋に汗をかいていた。

7

〝天使〟の言う通り、あの日自分がしたことなど、矢島は思い返したくもなかった。もちろん、自分が鹿沼を殺さなかった世界など、もっと見たくはなかった。

あの日、並行して〝天使〟がしていた行為は、矢島のそれに比べたらまるで喜劇のようだった。田町久男がセッティングした酒席だったが、律花には仕事仲間の横やりが入り、純平はニュースを見て出席する気が失せる。

一度は失われかけたかに見えた出会いのチャンスだが、〝天使〟は田町が必死で見つけた頭数合わせの青年を骨折させるように仕向け、ドラマの撮影場所を律花の勤め先に変更させることで仕事仲間の気分を変え、挙句の果てには、自分では動くこともできない純平の兄をも使い、二人を出会わせた。

「人類は必ず、誰かとかかわっているものです。嫉妬や怨恨に限らず、愛情や敬慕ですら、使いようで運命を変えられるのです」

まるでいたずらの種明かしでもするかのように、〝天使〟は言った。

そして今――、矢島は再び、病室のベッドに横たわっている。

今の今まで、自由に動き回ることのできた体は、再び自由を失っていた。もう自分の体を見ることはできないが、足も手もやせ細り、自立歩行はおろか、ベッドに腰掛けることすらままならない。

美恵子と幸延は、まだ静止していた。

「お見せできることは、すべてお見せしました」

矢島のすぐ上に浮かび、彼女は言った。

（わからない……）

矢島は、力を振り絞って彼女に訴える。

(お前の行為のおかげで、律花が道を踏み外さず、また、命を奪われることなく、純平くんという夫を得られたことに対しては感謝する。だが、どうして)

「どうして、というのは？」

(どうしてそこまで律花を守る？　どうして純平くんと結び付けたかったんだ？)

ふふ、と〝天使〟は笑った。

「律花さんを守りたかったのではありません。私が守りたかったのは、人類の未来です」

(意味が……全然、わからない)

「今夜は記念すべき夜だと申し上げたはずです。救世主がこの世に降りる夜です」

救世主が降りる。不可解なのは変わらない。だが、矢島の中のどこかで、解決の光が差したような気がした。

「今、この世を、恐怖が支配しつつあることはご存じですね」

何のことか、と訊きかけて、すぐに思い当たった。マスクをつけた美恵子と幸延の顔が目の端に入ったからだった。

(例の、ウイルスのことか)

「そうです。ウイルスは今、多くの人類の命を奪っています。この脅威はしばらく続きますが、やがて人類は打ち克つでしょう」一度言葉を切り、〝天使〟は言葉を継いだ。「今回は」

（今回は？）

「三十八年後、人類は再び、ウイルスの脅威に直面することになります。しかも、それまで人類が出会ったことのない、新しい構造を持つウイルスです。今回のものよりもずっと感染力が強い。風に乗って世界中に蔓延し、わずかな隙間から屋内に入ってきます。悪いことに、抵抗力の弱い子どもの命から次々に奪っていきます。家畜は倒れ、農作物は汚染され、河川、地下水、あらゆる水もウイルスの潜むところとなります。人類は深い悲しみと焦燥、恐怖、混沌、そして絶望を味わうことになるでしょう」

（なんて恐ろしい……）

「そうです。ところが、こういったタイプのウイルスの発生の可能性を早くから危惧し、研究を続けていた者がいたとしたらどうでしょう。ウイルスに対する薬剤をすぐに生成し、あらゆる感染に対する策を講じる突破口を開き、人類を出口の見えない暗闇から光へと導く。まさに、救世主です」

〝天使〟は自分で言ったことにうなずく仕草をした。

「私は、いくつもの分岐の中から、そういった救世主が誕生する未来を見つけました。救世主の名は、有安正義」

「だ……」

驚きのあまり、もう二度と使うことがないと思っていた声帯が震えた。〝天使〟は清らかな微笑みを浮かべた。

「だから、ほかならぬ矢島さんにはお教えすると言ったのです。人類が永遠に記憶にとどめることになる、その救世主の名付け親なのですから」

(しかし、しかし……、信じられない。そのために……、お前は、いったい)

「私のことを、〝天使〟と呼ぶ人もいます」

微笑みを崩さぬままの彼女の周囲に漂う金色の粉は、光を増している。

「【アイディア】を駆使して運命を操作し、特定の者どうしを引き合わせ、結びつける。その仕事を考えれば、やはり私は〝天使〟なのでしょう」

美恵子と幸延の姿が見えないほど、その光はまぶしくなっていく。

「矢島正成さん。お時間のようです。あなたに、誇り高くも安らかなる、眠りのあらんことを」

矢島の視界にはもう、彼女の微笑みしか、見えていなかった。

8

同日、同時刻。千葉県船橋市、〈貝沼産婦人科〉。

一人の赤ん坊が、高らかなる産声を上げた。

「おめでとうございます、有安さん。元気な、男の子ですよ」

顔中に汗を浮かべた母親の腕に、赤ん坊が抱かれる。

その子の顔を見て、母親の目には、涙があふれてきた。

「お父さん、生まれたよ」

母親——有安律花の腕に抱かれ、ふぎゃ、ふぎゃと、その赤ん坊は泣き続けている。

新しい命に、祝福を——。

初出

保身の閃光　小説ＮＯＮ令和二年一月号
予定されない業火　小説ＮＯＮ令和二年三月号
天の刑、地の罰　小説ＮＯＮ令和二年五・六月号
運命の夜　小説ＮＯＮ令和二年七月号
ほかならぬ、あなたには　小説ＮＯＮ令和二年九月号

本作品はフィクションです。実在の個人・団体などとはいっさい関係ありません。

一〇〇字書評

切り取り線

購買動機（新聞、雑誌名を記入するか、あるいは○をつけてください）	
□（　　　　　　　　　　　　　　　　）	の広告を見て
□（　　　　　　　　　　　　　　　　）	の書評を見て
□ 知人のすすめで	□ タイトルに惹かれて
□ カバーが良かったから	□ 内容が面白そうだから
□ 好きな作家だから	□ 好きな分野の本だから

・最近、最も感銘を受けた作品名をお書き下さい

・あなたのお好きな作家名をお書き下さい

・その他、ご要望がありましたらお書き下さい

住所	〒				
氏名		職業		年齢	
Eメール	※携帯には配信できません	新刊情報等のメール配信を 希望する・しない			

この本の感想を、編集部までお寄せいただけたらありがたく存じます。今後の企画の参考にさせていただきます。Eメールでも結構です。

いただいた「一〇〇字書評」は、新聞・雑誌等に紹介させていただくことがあります。その場合はお礼として特製図書カードを差し上げます。

前ページの原稿用紙に書評をお書きの上、切り取り、左記までお送り下さい。宛先の住所は不要です。

なお、ご記入いただいたお名前、ご住所等は、書評紹介の事前了解、謝礼のお届けのためだけに利用し、そのほかの目的のために利用することはありません。

〒一〇一 - 八七〇一
祥伝社文庫編集長 坂口芳和
電話 〇三（三二六五）二〇八〇

祥伝社ホームページの「ブックレビュー」からも、書き込めます。
www.shodensha.co.jp/bookreview

祥伝社文庫

天使（てんし）のアイディア

令和2年10月20日　初版第1刷発行

著　者　青柳碧人（あおやぎあいと）
発行者　辻　浩明
発行所　祥伝社（しょうでんしゃ）
東京都千代田区神田神保町3-3
〒101-8701
電話　03（3265）2081（販売部）
電話　03（3265）2080（編集部）
電話　03（3265）3622（業務部）
http://www.shodensha.co.jp/

印刷所　図書印刷
製本所　図書印刷
カバーフォーマットデザイン　芥 陽子

Printed in Japan ©2020, Aito Aoyagi ISBN978-4-396-34670-6 C0193

祥伝社文庫の好評既刊

青柳碧人　**悪魔のトリック**

強い殺意を抱く者に、悪魔はたった一つだけ、超常的な能力を授けていく。不可能犯罪を暴く新感覚のミステリー。

近藤史恵　**カナリヤは眠れない**　新装版

彼女が買い物をやめられない理由とは？　身体の声が聞こえる整体師・合田力が謎を解くミステリー第一弾。

近藤史恵　**茨姫（いばらひめ）はたたかう**　新装版

臆病な書店員に忍び寄るストーカーの素顔とは？　迷える背中をそっと押す、整体師探偵・合田力シリーズ第二弾。

福田和代　**サイバー・コマンドー**

ネットワークを介したあらゆるテロに対処するため設置された〈サイバー防衛隊〉。プロをも唸らせた本物の迫力！

福田和代　**最終兵器は女王様**　S&S探偵事務所

最凶ハッカーコンビがIT探偵に？　危険なバディが悪を討つ、痛快リアル・サイバーミステリー誕生！

福田和代　**キボウのミライ**　S&S探偵事務所

少女を拉致した犯人を〝ウイルス〟で突き止めよ！　凄腕ハッカーコンビが疾る、サイバーミステリー第二弾。

祥伝社文庫の好評既刊

山田正紀
恍惚(こうこつ)病棟 新装版
死者からの電話がすべての始まりだった――。トリックを「知ってから」さらに深みを増す驚愕の医療ミステリー。

小路幸也
マイ・ディア・ポリスマン
超一流のカンを持つお巡りさん・宇田巡が出会った女子高生にはある特殊能力が。ハートフルミステリー第一弾！

小路幸也
春は始まりのうた マイ・ディア・ポリスマン
スゴ技を持つ美少女マンガ家は、恋人のお巡りさんを見張る不審な男に気づく。謎多き交番ミステリー第二弾！

東川篤哉
ライオンの棲(す)む街 平塚おんな探偵の事件簿1
〝美しき猛獣〟こと名探偵・エルザ×地味すぎる助手・美伽(みか)。地元の刑事も恐れる最強タッグの本格推理！

東川篤哉
ライオンの歌が聞こえる 平塚おんな探偵の事件簿2
湘南の片隅でライオンのような名探偵エルザと助手のエルザの本格推理が光る、ガールズ探偵ミステリー第二弾！

東川篤哉
ライオンは仔猫に夢中 平塚おんな探偵の事件簿3
金髪、タメロ、礼儀知らずの女探偵。でも謎解きだけ(?)は一流です。型破りなガールズ探偵シリーズ第三弾！

祥伝社文庫の好評既刊

内藤　了
スマイル・ハンター　憑依作家　雨宮縁
人気推理作家の雨宮縁は多重人格さながら、執筆する作品ごとに主人公に成りきる憑依作家と呼ばれていた――。

森　詠
ソトゴト　公安刑事
正義感ゆえの独断と暴走――。熱く、まっすぐな公安捜査員・猪狩誠人が、陰謀渦巻く外事案件に挑む！

森　詠
ソトゴト　謀殺同盟
公安警察の一班が壊滅、人質奪還のリミットは72時間――猪狩に特命が下る。公安刑事・猪狩誠人シリーズ第二弾！

中山七里
ヒポクラテスの誓い
法医学教室に足を踏み入れた研修医の真琴。偏屈者の法医学の権威、光崎とともに、死者の声なき声を聞く。

中山七里
ヒポクラテスの憂鬱
全ての死に解剖を――普通死と処理された遺体に事件性が？　大好評法医学ミステリーシリーズ第二弾！

松本清張
人間水域
名作復刊！　格調高い芸術の世界を舞台に、渦巻く愛欲と陰謀を浮き彫りにした巨匠の傑作サスペンス。

〈祥伝社文庫　今月の新刊〉

五十嵐貴久　**波濤の城**
沈没寸前の豪華客船、諦めない女消防士の救出劇。

原田ひ香　**ランチ酒**
料理と酒に癒される、珠玉の人間ドラマ×絶品グルメ。

青柳碧人　**天使のアイディア**
少女の仕掛ける驚天動地のトリックが捜査を阻む！

福田和代　**いつか夜は明けても**　S&S探偵事務所
最強IT探偵バディが人口激減を企むハッカーに挑む。

草凪　優　**人殺しの血**
「父親の罪が俺を怪物にした」男と女の逃避行はじまる。

近藤史恵　**Shelter**　新装版
体の声を聞き、心のコリをほぐす整体師探偵シリーズ第三弾。

笹沢左保　**霧に溶ける**
完全犯罪の企みと女の狂気、予測不能のミステリー。

鳥羽　亮　**剣鬼攻防**　介錯人・父子斬日譚
父を殺され、跡を継いだ若き剣士が多勢の賊を討つ！

あさのあつこ　**人を乞う**
父の死後、兄弟が選んだ道とは。感動のシリーズ完結編。

黒崎裕一郎　**必殺闇同心　娘供養**　新装版
〈闇の殺し人〉直次郎が消えた娘たちの無念を晴らす。

今村翔吾　**襲大鳳（下）**　羽州ぼろ鳶組
尾張藩邸を猛火が襲う。現れた伝説の火消の目的は？

今月下旬刊　予定

夏見正隆　TACネームアリス　**地の果てから来た怪物（上）**
日本海に不審な貨物機が。F15Jが確認に向かうが…。

夏見正隆　TACネームアリス　**地の果てから来た怪物（下）**
国籍不明のF15が空自機を撃墜！　その狙いと正体とは！

小杉健治　**白菊の声**　風烈廻り与力・青柳剣一郎
悪人の見る悪夢の正体は？　剣一郎が冤罪に立ち向かう。

野口　卓　**承継のとき**　新・軍鶏侍
元服した源太夫の息子は、剣を通じて真の友を見出す。